U0007683

GOBOOKS
& SITAR
GROUP

漫時光

成何體統

·中卷·

七英俊 著

高寶書版集團

目錄

第十章　冷宮計　005
第十一章　吾道不孤　037
第十二章　追妻火葬場　069
第十三章　全是紙片人　105
第十四章　卸下偽裝　141
第十五章　燕人行刺　169
第十六章　和談書　203
第十七章　風波初定　237
第十八章　封后　271

第十章　冷宮計

庾貴妃派人去毒淑妃，竟然還被抓了現行，這可是不可多得的戲碼。

後宮看似平靜的水面下早已暗流洶湧，貴妃殿附近的草間樹後藏滿了太監、宮女，全是各方派來打探消息的。

這些一線八卦群眾目送著皇帝走入貴妃殿，關起門來，說了一陣子話。然後又頂著驕陽守了半晌，愣是沒聽見動靜，正自汗流浹背、抓耳撓腮，忽然聽見模糊的瓷器碎裂聲。

來了！

吃瓜群眾伸長了脖子去聽。貴妃殿內不斷傳出刺耳的雜訊，彷彿所有器具物件都被毀了一遍。

踹門聲響。

只見一人披頭散髮，大步流星地疾行而出，嘶聲道：「來人！」

偷聽的慌忙縮回腦袋，冷汗涔涔而下。

皇帝一身黑色的龍袍半褪，鬆鬆垮垮掛在一邊肩上，露出了中衣，狀若瘋癲，「將庾嬪拖去冷宮關起來！」

庾嬪？吃瓜群眾暗記於心。

侍衛領命而去，貴妃殿中一道尖厲的女聲響起：「我看誰敢！」

庾晚音被侍衛一路拖曳出來，一雙鞋子都掉了，臉上淚痕斑駁，沖花了新妝。

夏侯澹似笑非笑，「誰敢？妳在質疑朕嗎？」

庾晚音沒有絲毫退讓，一改平日嬌癡無邪的做派，鳳目圓瞪，竟顯得咄咄逼人，「陛下，你會後悔的。」

八卦群眾膽都要嚇破了。這也玩太大了吧？

可惜這一次，她再也換不來君王的青眼。

夏侯澹搖晃著走過去，一腳踹翻了侍衛，「誰才是這裡的主子？」

夏侯澹道：「誰！」

侍衛跪地道：「陛下是主子。」

「那朕說拖她去冷宮，聽不見嗎？」

夏侯澹親自監工，看著庾晚音被打入冷宮，又吩咐道：「將門窗全部釘死，留一隊侍衛看守。朕不發話，都不許送食。」

連續幾天，無人送飯。

庾嬪失寵已成了板上釘釘的事實，前來圍觀的太監、宮女日漸稀少。餘下兩三個持之以恆的，後來又得見一齣好戲。

冷宮年久失修，大門有一處透風的破洞，外頭有侍衛值崗。

這一天，那破洞裡冒出一個人影。

只見平日杏眼桃腮、美豔無方的庾嬪，愣是餓成了面如死灰的人乾，牽線木偶般僵硬地拖著身子挪將到洞口，跪地磕頭道：「幾位大哥行行好，給點吃的吧。」

侍衛充耳不聞。

庾嬪又道：「煩請大哥遞個話，就說我錯了，晚音真的錯了……」

侍衛仍是不理。庾嬪跪著跪著，似乎沒有力氣再爬起來，就此一頭栽倒，躺在門後。

過了許久，皇帝身邊的安賢公公來了，遞給守門的侍衛一個破碗。

侍衛轉手將碗送進洞裡，道：「吃吧。」

地上那具不知生死的人乾動了動，掙扎著捧起碗，喝了幾口黏糊糊的冷粥，流著淚道了聲謝，抱著碗挪了回去。

庾晚音端著破碗走進室內，順手便丟在一旁，嫌棄地抹了把臉。

侍女已經端來熱水等著了，「娘娘請淨面。」

庾晚音洗掉臉上的死人妝，露出底下紅潤的臉色，百無聊賴道：「唉，今天幹點什麼呢？」

侍女笑道：「北嬤嬤送了些水果零嘴來，還有幾本書。北嬤嬤請娘娘少安毋躁，挖通地道還需三五日，到時陛下就來看娘娘。在那之前，只有北嬤嬤的身手能潛入此間而不被發現。」

侍女道：「哦，還有，方才有人從後院遞進來這個，想是買通了後門的侍衛。那人還說，娘娘若是有什麼消息要遞出，可以寫在紙條上交予他。」

她亮出一個小包裹。

庾晚音打開一看，是一些乾糧，還有一隻玉雕王八。

端王終於出手了。

夏侯泊前腳讓庾晚音去查那高手，後腳就聽聞留作眼線的小眉死了。

世上沒有如此巧合的事，一定是庾晚音幹的。

他對她的期待值已經降至冰點。

後來又聽說，庾貴妃因為後宮爭寵被降為庾嬪，還關了禁閉——怎麼聽都是演的。夏侯泊知道庾晚音的特異之處，夏侯澹也知道。將心比心，那皇帝再如何草包，也不至於為了情愛之事放棄一個先知。

但他還想看看她打算怎麼演下去。

庾晚音被打入冷宮後，他在宮中的眼線傳來了一線八卦情報：當日皇帝跟庾嬪大吵一架，內容是庾嬪勸皇帝除掉淑妃，而皇帝不肯。庾嬪聲稱，她夢見淑妃害死自己一家。而皇帝怒斥她說謊不打草稿，為了爭寵竟信口雌黃。最後，庾嬪說了句「沒有我的能力你什麼都不是」之類的話（眼線表示沒聽懂），導致皇帝勃然大怒，決定廢了她。

這倒是有些出乎夏侯泊的意料。

因為他知道，淑妃娘家跟庾家祖上交好過，但現在庾少卿遭貶謫，淑妃娘家也逐漸敗落，兩相厭棄，生了些齟齬。最近兩家的子姪在搶一個官位，矛盾鬧到了明面上。

夏侯泊讓人去查了，淑妃家確實在暗中做局，打算除去庾家。

但有一點：這些局做得很隱蔽，連他都費了些力氣才查到，庾家根本毫無覺察，深宮中的庾晚音更不可能聽說。

所以，她真是用天眼看見的？

夏侯泊等了幾日，遣人送了點吃食進去，換來她一封密信。

他讀了幾句就笑了出來，「真敢說啊。」

庾晚音大大方方承認了：沒錯，我送小眉去下毒，就是因為算出了她是你的眼線。她成功下毒也就罷了，卻不慎被淑妃發現，如今橫死，都是她背著我勾搭你的報應。

夏侯泊想起她在湖心那聲怒吼，笑道：「這個小姑娘，恐不是池中物啊。有趣，十分有趣。」

端王的謀士們不敢出聲。

通常一個男人說一個女人「有趣」的時候，多少帶著遐思。但端王說「有趣」，那意思可就複雜了。全句有可能是「有趣，我得弄過來」，也有可能是「有趣，必須弄死了」。

他心中沒有柔情，甚至沒有仇恨。世事對他來說，是一場又一場的博弈。先聲後實，彼竭我盈，兵不厭詐，決勝千里。他是最理想的操盤者：冷靜、殘忍、永不動搖。

有時這讓他們大感安穩，有時卻也讓他們心生恐懼。

夏侯泊接著讀信。

庾晚音表示夏侯澹不再重用自己，但又怕別人得到她的助力，所以要將她囚禁到死。

她問夏侯泊：你跟他不一樣嗎？你如何證明？如果我的預言偶爾出錯，你也會因為多疑而將我處決嗎？

夏侯泊當然會。

但他回了封情真意切的信，畫餅畫得足以讓各大企業HR汗顏，又送了更多的吃食進去。

他沒有急著問起皇帝身邊那個高手。他在等著她遞投名狀。

庾晚音又拖了兩天，演了兩天跪領冷粥的戲碼，終於遞出了新的密信：「我已夢見那高大男子，孤身一人，走馬章臺，去那風月之所。面前有一高臺（她還配了幼稚園畫工的插圖），似在聽戲。」

夏侯泊並不完全相信。

但賭一賭對他來說也沒有損失。至少她說的地點不在宮裡，而是青樓，那地方想除去一個人並不費力。

夏侯泊於是派了一些探子，去城中幾處柳陌花巷守著。

地道終於挖通了。

夏侯澹從地洞裡灰頭土臉地鑽出來，先去看庾晚音，「瘦了。」

庾晚音咳了一聲，「沒有，是妝沒卸乾淨。」其實她悶在裡面沒處活動，天天躺著嗑瓜子吃水果，長了一圈肉。

夏侯澹撣了撣身上的灰，左右看看，「今晚吃火鍋？」

「大熱天的吃火鍋？」

「配冰鎮綠豆湯嘛。」

「不錯。」庾晚音笑道。笑完了又覺得這對話活像是共處了多年的老夫老妻，有些臉熱。

人說患難見真情，她現在算是懂了。共同經歷了那麼多事，她看見這個人的身影時，開始不由自主地生出一種安心的感覺。

直到地底傳出乒乒乓乓一陣亂響，又一顆沾灰的腦袋冒了出來，「咳咳……扛著鍋爬地道太費勁了！」

夏侯澹道：「辛苦了，把鍋放下，你可以走了。」

阿白：？？？

阿白沒有走。

不僅沒走，他還把北舟也拉來了。雙人小火鍋變成了四人小火鍋。

「娘娘，吃這個。」阿白殷勤地涮好羊肉，夾到庾晚音碗裡。

庾晚音阻之不及，正要道謝，斜刺裡又有一雙筷子伸來，將毛肚蓋在那塊羊肉之上。

夏侯澹盯著她。

庾晚音：「……」

她對夏侯澹的印象分是持續走高的。但她不知道夏侯澹是怎麼想自己的。

她猜測其中多少有些好感，但他又總是正人君子得很，似乎懷抱著一腔純粹的同盟戰友情。

直到阿白這不怕死的開始攪局，他彷彿受了幾分刺激。

庾晚音咽下那塊毛肚，緩緩夾起阿白的羊肉。

夏侯澹仍舊盯著她。

阿白的眼珠子也轉了過來。

庾晚音頓了頓，緩緩將阿白的羊肉送到夏侯澹碗中。

夏侯澹：？

阿白：？

庾晚音道：「對了，北叔、阿白，計畫你們已經聽過了吧？」

專心吃飯的北舟這才抬起腦袋，「放心吧，這幾日我都在特訓這小子。」

阿白從懷中掏出一張人皮面具戴上，又繫上黑面巾，笑道：「如何？」

飯後，北舟把阿白拉去角落裡，嘀嘀咕咕商量了一陣子，拉開架勢開始套招。

北舟道：「你剛才擋了。這些地方不能擋，再練練，得練得爛熟於心才行。」

阿白道：「擋了嗎？」

北舟點頭，比劃了一下，「胳膊收了。」

「本能、本能。」阿白大言不慚道：「人太強了真是麻煩啊，高處不勝寒。」

北舟：？

北舟抬掌：「再比一場？」

阿白迅速轉移話題：「說起來，那疤臉什麼時候去抓？」

夏侯澹坐在一旁，把他們當武俠片欣賞，「不著急，等他自己出宮時。」

北舟收了勢，「澹兒，吃飽了嗎？叔去切個瓜給你們吧。」

「我去吧。」庾晚音轉入冷宮後頭簡陋的小廚房，抱起一個湃在冰水裡的西瓜。

夏夜暑氣未消，草木橫生的小院裡蟬鳴陣陣，偶爾還有流螢掠過。庾晚音將西瓜切塊裝盤時，阿白溜了進來，「娘娘。」

「我現在不是娘娘啦。」

阿白眼睛一亮，「晚音？」

「……」

庾晚音知道江湖人作風放恣，始終沒把他這略帶輕佻、嬉鬧一般的調情太放在心上，隨手塞了一盤西瓜給他，「多謝幫忙。」

阿白：「……」

庾晚音開始切第二盤，「你們練得可還順利？」

「三天應該能大成。」阿白托著盤子望著她，「晚音，這件事辦成之後，我就該走了。」

庾晚音愣了愣：「這麼快？你不是奉師命來保護陛下的嗎？」

「端王盯著，我不能再出現在你們身邊。」

庾晚音仔細一想，確實如此。

原來這傢伙是來告別的。庾晚音停下動作，端正一下態度，「嗯，那你想好了要去哪嗎？」

「陛下有別的任務給我。」

「任務？」

阿白擠擠眼，「現在還不能說，時候到了妳自然會知道。」

那就是祕密任務了。

這才共處多久，夏侯澹居然信任此人到如此地步了？庾晚音覺得有些不可思議。

她心中想著回頭得去問問夏侯澹，忽聽阿白問：「或者，妳要不要跟我一起走？」

庾晚音不確定道：「……什麼？」

「我問妳要不要跟我一起走。」阿白收斂了跳脫的勁頭，一字一頓，說得無比認真。

昏暗的陋室裡，他的雙眼亮如星辰，「第一次看見妳，我就知道妳是天上的雲雀，不該被困死在這四面宮牆之內。能想出這一個個計畫的人，該是何等性情靈動，自由不羈？這樣的人只要離開這裡，江湖路遠，何處不可高飛？」

庾晚音猛然轉頭看了門口一眼，壓低聲音道：「你知道自己在哪嗎？你在皇宮裡，拉皇帝的女人跑路？」

「不用跑路。只要妳點頭，陛下那邊自有我去說服。」

庾晚音簡直驚呆了，「你還想說服他？」

「我有他必須接受的理由。」

庾晚音：「……」

這人別是瘋了吧。

儘管覺得無稽，她還是有幾分感動，「無論如何，謝謝你說這些。」

阿白聽出其中的拒絕之意，瞬間蔫了，「別急著回答，求妳了。」

庾晚音哭笑不得，「阿白，你這樣的英武少俠，總會遇到佳人相伴的。」

阿白垂頭喪氣，「是我不夠好嗎？」

「不是……」

「如果不是跟我一起呢，妳會想出去看看嗎？」

庾晚音張著嘴頓住了。

她想起自己剛來時做過的逃離這一切的美夢。

阿白握住她的肩，「晚音，我來都城的路上，見過千山落日，繁花鋪錦。為自己思量一番吧，妳在這天地間走一遭，到底要什麼。」

他一握即放，端起兩盤西瓜，逕自走出去了。

庾晚音被留在原地，恍惚了一陣子。

那大漠孤煙、戈壁駝鈴，那三秋桂子、十里荷花，她上輩子擠在格子間裡錯過的人間，這輩子也依舊無緣得見了吧。

庾晚音深吸一口氣，洗淨了手，想著得快些回去，卻沒料到一腳踏進院中，就瞧見兩道並立的背影。

阿白拉著夏侯澹站在院子中央，仰頭指著什麼，道：「瞧見沒？」

夏侯澹也仰著頭，「月亮的左邊嗎？」

阿白道：「快連成一條線了。」

庾晚音下意識跟著抬頭，只看見滿天繁星，繚亂無序，並沒瞧出什麼線條。

阿白道：「好好想想我師父的信。他老人家還有一句話託我帶到：你們的相遇或許並非幸事。」

夏侯澹嗤笑一聲道：「你現編的吧。」

阿白怒道：「我可不敢拿師父開玩笑。」

夏侯澹道：「覬覦晚音你就直說。」

庾晚音：「……」

她琢磨著是不是該退回廚房。

阿白是習武之人，耳力極佳，聽見身後微弱的氣息，卻故作不覺，「就算不是為了你自己，你也為她想想呢？」

夏侯澹沉默。

阿白開始舉例：「你貴為天子又如何，能保護她不受欺負嗎？」

夏侯澹道：「這倒是能。」

阿白：？

阿白重整旗鼓：「你能為她三千弱水只取一瓢嗎？」

夏侯澹道：「這也容易。」

阿白：？

在他們身後，庾晚音屏住呼吸，動都不敢動。她的心跳聲太響，甚至疑心它已經蓋過了蟬鳴。

阿白本想讓庾晚音看清男人的醜惡面目，萬萬沒想到這廝居然如此回答，氣急敗壞道：「就算這些都有了，她也只是籠中之鳥，永遠不得遊戲人間，瀟灑快活！」

「阿白，人間並不全然是拿來遊戲的，她有她的抱負。」

阿白怔了怔。

夏侯澹仍舊負手望著夜空，「你只當她是小雀，需要放飛，卻不見她平正高潔，皎皎如月，能照徹千里碧空。」

阿白：「……」

阿白無力地扯扯他道：「回屋裡吧。」

「不過你說得對，她在這裡，確實很難快活。」夏侯澹道：「有一天她實現了抱負，想要離去，那時我若不在了，你就帶她走吧。」

阿白欲哭無淚，「求你別說了。」

庾晚音一直站在院中，等到夜風吹涼了面頰，才若無其事地回到屋裡。

阿白正發了狠地跟北舟對打。

夏侯澹看看庾晚音，問：「怎麼去了那麼久？」

庾晚音不敢跟他對視，「唉，人有三急。」

端王朝城中各處柳陌花巷派了探子，一連蹲守數日，這天傍晚終於有了情報：皇帝身邊那個高大的蒙面高手出現在怡紅院，沒去找姑娘，卻在那蓬萊臺下聽起了戲。

這情報倒是與庾晚音的密信對上了。

於是端王手下的刺客們迅速聚集，混入了衣香鬢影中。

所謂的蓬萊臺就是個戲臺，只是因為設在楚館內，與尋常勾欄瓦肆不同，布置得粉簾紗幕、香煙嫋嫋，臺上演的也不是什麼正經戲。

一群色瞇瞇的看客正朝那扭著水蛇腰的花旦叫好，一個長著媒婆痣的老鴇穿行在人群間，賠著笑收賞銀。

刺客們轉頭四顧，很快搜尋到高大的目標。

為首的悄然一比手勢，眾人散開，隱去了鬼門道。

這鬼門道便是通向戲臺的門，以繡金屏風隔開。刺客們藏在此間按計畫行事，迅速換上唱戲的行頭。

為首的刺客卻偷偷潛到那老鴇身後，作勢與她勾肩搭背，冷不防亮出袖中短匕，悄無聲息地抵住她的脖子。

老鴇嚇白了臉，顫聲道：「這位爺，有話好說。」

刺客頭子道：「借一步說話。」

他拖著老鴇走到角落無人處，收起匕首，威逼完了又利誘，塞給她一個錢袋，「下一場，換我們的人上去唱戲，別驚動臺下看客。」

老鴇掂了掂錢袋，誇張地拍拍胸脯，一驚一乍道：「噢喲，可嚇死我了，這點小事爺說一聲就成嘛，何必拿刀嚇人……」

刺客頭子不耐煩道：「少廢話，去辦吧。」

老鴇卻還在喋喋不休：「只是我們怡紅院也有怡紅院的規矩啊，胡來是不行的，有些細處還得請爺原諒則個……」

刺客頭子幹的就是刀口舔血的活計，哪有那麼多耐心給這老鴇，只當是威逼沒到位，一拳便砸向她的肚子。

拳至半空，忽然無法再進半寸！

老鴇一手捏住他的手腕，便如捏著一枚繡花針，甚至還翹起了蘭花指，「客官好凶喲。」

刺客頭子：！！！

數招之後，刺客頭子被反剪了雙手按在地上，動彈不得。

媒婆痣老鴇輕輕鬆鬆卸了他的下巴，將一枚藥丸塞入他口中，又將他脫臼的下巴裝了回去，貼在他耳邊道：「這是毒藥，我有解藥。你得照我說的行事，事後才能來取。」

刺客頭子問：「妳是誰？」

老鴇笑道：「少廢話，去辦吧。」

鬼門道後的眾刺客已經換好了戲子行頭，正在檢查隨身短匕，刺客頭子陰著臉來了。

刺客頭子一伸手，將一捧短匕分給眾人，「換上這些。」

有刺客不解道：「為何？」

刺客頭子冷冷道：「上頭的指令，別問，換完就上臺了。」

眾人只見這些短匕的尖端綠瑩瑩的，不知是什麼厲害毒物，只當端王要拿它對付這次的刺殺目標。情急之下無暇思索，出於慣性聽令換上了。

繡金屏風一開，換了新戲，是一齣〈魚籃記〉。

阿白坐在臺下跟著叫好，手執一把摺扇緩緩搖著，一副偎紅倚翠的大爺做派。只是蒙了面，看不出本來面目。

這種鶯歌燕舞之處，就連戲也唱得狎昵。化身美女的鯉魚精柳眉杏眼，咿咿呀呀聲如鶯囀，東邊搖兩步，西邊搖兩步，作勢躲避著天兵追捕。

急管繁弦，天兵上場，鯉魚精搖曳到戲臺邊緣，竟縱身一躍，穩穩落到蓬萊臺下。

看客沸騰了。

鯉魚精在人群間提著身段跑，天兵在後面張牙舞爪地追，不知不覺間，接近了阿白。

阿白彷彿毫無覺察，仍在樂呵呵地叫好。

說時遲，那時快，那鯉魚精纖纖玉手一翻，不知從何處翻出一把短匕，驟然間刺向了阿白！

阿白摺扇一張，下意識地抬手招架。匕首從扇面穿破，裂帛之聲驚退了四下的看客。

摺扇又猛然一收，扇骨牢牢卡住那把匕首，竟撞出了金鐵之聲。

阿白一手持扇，一手並指，閃電般刺向鯉魚精的要穴。鯉魚精拼著受他一擊，竟然不退。與此同時，追兵已至，眾刺客從四面八方衝向阿白，手中匕首閃著森然的光。

阿白大喝一聲，一掌拍飛了鯉魚精，卻再也退不出包圍圈！

血染扇面，潑濺得花紅似錦。

一個時辰後，雙腿發抖的探子朝端王彙報：「派去的所有刺客，全滅！」

夏侯泊舉起茶杯的動作微不可見地頓了頓，仍是優雅地呷了一口，「說說。」

探子道：「當時一打起來，所有人四散奔逃，屬下躲在不遠處的廊柱後頭偷看，見到那廝被刺客圍攻，血濺三尺啊！」

探子說著說著，慷慨激昂起來：「匕首白進紅出，刀刀入肉，他不知挨了多少下，竟然就是不倒！簡直是一夫當關，萬夫莫開——人都跪到地上了，還是沒倒，愣是殺死了最後一個刺客，這才長笑數聲，躺下不動了——」

夏侯泊道：「讓你來報，沒讓你說書。」

探子磕頭道：「屬下所言，絕無半字誇大！」

夏侯泊輕輕放下茶杯，蹙眉道：「屍體呢？」

「人死之後，龜公上來，把所有屍體全拖走了，血跡也清掃了。屬下知道這種地方都有個後巷，是用來運死人的，就繞去那後巷攔住了人，花了些錢，把屍體藏到了隱祕之所。殿下可要去看看？」

那蒙面高手的屍體慘不忍睹，要害處幾乎被捅成了肉泥。

夏侯泊面不改色地查看一番，伸手揭開他的面巾，對著這張臉皺了皺眉。

此人嘴角有疤痕，是生瘡之後留下的，瞧去有一絲眼熟。

夏侯泊轉頭問探子：「你在怡紅院見到的，確是此人嗎？」

探子連連點頭：「屬下認臉很有一套，他當時雖然蒙面，但眉眼還是露出來的，確實就是這個人。」

夏侯澹吩咐手下：「查明此人身分。」

他正要轉身離開，又頓了頓，「還有，刺客的屍體和隨身之物，也要仔細查看，不可有任何遺漏。」

屍體和隨身之物沒查出異常。

那高手的身分倒是很快揭曉：太后身邊功力最強、手段最狠的暗衛，專門替她殺一些不好殺的人。原本就在端王黨的黑名單上。

這疤臉平素確實喜歡聽戲，當日出宮替太后辦事，回程中拐去了怡紅院，最終將命葬送在戲臺下。

夏侯泊聽完彙報，略帶興味地微笑起來，「太后娘娘的得力幹將，在皇帝身邊保護他？」

謀士道：「太后竟向皇帝示好了？」

夏侯泊道：「或許是示好，或許是監視，總之，她確實藏了些本王沒發現的心思呢。」

與此同時，太后正在暴怒摔碗：「無緣無故，端王居然殺了哀家的親衛！我看他是活夠了！」

心腹道：「要不要治他的罪？」

太后又摔一個碗，「全是廢物！若能早些治他的罪，又怎會容他囂張到此時！」

端王與太后的鬥法漸趨白熱化。

跟原文相比，情節走向沒有太大變化。太后雖然氣焰盛，謀略布局卻比不過端王，已然節節敗退，露出頹勢。

換句話說，鷸蚌相爭接近尾聲，留給夏侯澹韜光養晦的時間也不多了。

庾晚音回房時，發現枕邊多了一個東西。她捧起細看，是個粗糙的木雕，雙翅張開，引頸而鳴。她猜是阿白雕了一隻雲雀。

庾晚音用指尖輕輕摩挲著木紋，轉頭望向冷宮狹窄的窗戶。

夏侯澹跟了進來，「那是什麼？」

庾晚音：「……」

庾晚音迅速放下雲雀，「你聽我解釋。」

夏侯澹瞧了一眼，「阿白留給妳的？難得他有心，收著吧。」

庾晚音：？

庾晚音不滿意了：「就這樣？」

「……什麼就這樣？」

裝什麼寬宏大度，你不是挺會吃醋的嗎？庾晚音稀奇地盯著夏侯澹。

她已經偷聽到他的心思，還想裝作不知，就變得異常困難。

那晚在院中，她遲遲不肯迴避，的確是懷了些小心思，想從他口中聽到點什麼。

她希望他至少與自己一樣，有那麼幾分悸動和好感。為什麼不呢？大家並肩戰鬥了這麼久，她頂著現在這張臉，多少得有點魅力吧……

她沒想到夏侯澹會說那些。

那些……匪夷所思的語句。

儘管只是隻言片語，她卻彷彿窺見了一片無垠深海。她迷惑不解，受寵若驚，甚至感到一絲悚然，但又無法掩飾地開心著。

你居然這樣想我。

我想聽你親口對我說。

夏侯澹被她盯得莫名其妙，岔開話題道：「今日太后又找由頭對端王發難了。看來咱們的計畫相當成功，多虧了妳的妙計啊。」

與此同時，都城城門之下，一男一女正排在出城的隊伍中，接受護衛盤查。

那男人身材高大，但含胸駝背，面龐黝黑，單看五官就泛著一股面朝黃土背朝天的泥味。旁邊的婦人上了年紀，同樣滿面風霜，身上負著幾個花布包袱。

守城的護衛問：「做什麼去的？」

男人操著鄉音憨厚道：「跟俺娘進城來走親戚，現在回家了。」

出了城門，這兩人仍是默默無語，混在人流中順著官道前行。

及至走出數里，四下再無他人，那男人才直起身體伸了個懶腰，「娘啊，就送到此處吧。」

婦人笑道：「兒啊，孤身在外，記得添衣。」

說的是殷殷囑託，語氣裡卻滿是戲謔，而且這一開口，竟是低沉的男聲。

這兩人自然就是北舟和阿白。

阿白從北舟手中接過行李，隨手甩到肩上，動作灑脫，愣是頂著那張莊稼漢的面具器宇軒昂起來，「多謝相助。」

北舟卻擔心道：「傷勢如何了？」

「不礙事，穿著護甲呢，小傷口而已。」

這一日的行動，說白了就是一場血腥的魔術。

他們做的第一件事，其實是暗殺了太后手下那個疤臉暗衛。

疤臉平日狡詐多疑，他們暗中跟蹤了此人數日，終於等到他獨自出宮，為太后殺人。螳螂捕蟬，北舟在後，將之截殺在暗巷裡。

接著北舟迅速換上老鴇的裝扮，輕車熟路地從暗門進了怡紅院。他先前在此處當了許久老鴇，本色出演，毫無壓力，加之與龜公等人相熟，打起配合得心應手。

與此同時，阿白先戴上疤臉的面具，再以黑巾蒙面，大搖大擺地進了怡紅院正門，以身做餌，成功引來了端王的刺客。

暗處的北舟擒賊先擒王，拿住刺客頭子，逼迫他將所有武器換為己方準備好的匕首。

這匕首自然是特製的。

庾晚音知道北舟是機關天才，大致講了講自己曾看過的魔術效果，北舟便觸類旁通，將道具造了出來。這些匕首內有彈簧，鋒刃一觸及硬物就會回縮，看似是捅進了人肉裡，實則縮回了劍柄中。

劍格處還藏有血袋，一受擠壓就會從斷面處噗噗往外飆血。

激戰之中，兔起鶻落，刺客們即使發現有異，也來不及思索反應。

阿白這幾日一直在接受特訓，甚至有意留出幾處破綻不去格擋，為的就是在作戰中能演得以假亂真，讓端王的探子即使近距離觀察，也只能看見他左支右絀、身負重傷，最終與刺客同歸於盡。

當然，那麼多刺客一擁而上，他在極短時間內將之料理乾淨，還是不可避免地受了點輕傷。

阿白假死後，龜公上前拖走一地屍體，又在通往後巷的路上偷天換日，放走阿白，收起道具匕首。

最終被端王探子討回去的，已經成了真正的疤臉。那疤臉身上的傷口都是北舟趁他沒死時，仿照著端王刺客的手法用匕首捅出來的，仵作也驗不出異常。

如此一來，端王手下折了一批得力的刺客，還得面對太后的怒火與報復。

庾晚音道：「不過還是你厲害，我只是想到讓阿白和北叔打配合、演魔術，你卻直接想到禍水東引，順帶幹掉那個疤臉……」她說著說著覺得奇怪，「你怎麼知道太后手下剛好有個疤臉，身形與阿白相仿？我這個看過原文的，都不記得有這號人物。」

那自然是因為待得久了，總能知道一些祕密。

夏侯澹鎮定道：「我那些暗衛不能吃白食啊，也得監視一下太后的。」

「什麼時候派去的？」

「可能忘了告訴妳了。」

「嗯？」庾晚音忽然朝他湊去，瞇起眼打量他，「澹總，你不告訴我的事還挺多。」

夏侯澹比她高一個頭，庾晚音湊得近了，就得仰頭看他。

他聽出她語氣親暱，故作狐疑，只是為了開個玩笑。

有溫熱的氣息拂過夏侯澹的脖頸。

夏侯澹的喉結滾動了一下。

庾晚音忍不住加深了笑意，還想調戲兩句，卻見他略微低下頭，面色很平靜，「此話怎講？」

庾晚音有一絲失望，退了一步，「譬如說，阿白被派去做什麼了？」

夏侯澹：「……」

夏侯澹的面色又淡了幾分，「妳不想他走嗎？」

官道旁景致荒涼，只有野地長草，任風吹拂。

北舟道：「你這沒馬沒車，要去哪？」

魔術結束了，但端王心思縝密，說不定還沒完全放下疑慮。阿白要詐死到底，就得離開都城。否則以他高大顯眼的身形，再被探子瞧見，就前功盡棄了。

禁軍統領已歸了端王黨，把守城門的護衛沒準也得了指令，在搜尋阿白。此時他孤身出城太過顯眼，才拉了北舟來打掩護。

阿白笑道：「我尋個農戶借住幾日，等與同伴會合了再一起出發。」

北舟道：「……同伴？我怎麼沒聽說你還有同伴？」

阿白但笑不語。

北舟不輕不重地拍了他一下，「臭小子，這才幾天，居然得了陛下青睞。什麼密令，連我都不能告訴？」

「你去問陛下唄。」阿白將球踢給夏侯澹。

「罷了，反正我也幫不上忙。」北舟正色道：「陛下如今處境凶險，你初出茅廬，諸事要多加小心，謀定而後動，莫辜負了他的信任。照顧好自己，別讓你師父擔心。」

阿白愣了愣，有些感動，「師兄。」

他其實已經出師五年，也與夏侯澹相識了五年，自五年前起，就一直在執行一個長線任務，步步為營，謀劃至今，才小有所成。此番來都城，也是為了與夏侯澹敲定後續的計畫。

但這些不能告訴任何人，包括這個便宜師兄。

北舟笑了：「欸，再叫一聲。」

阿白卻不肯了，「我怎麼覺得這麼彆扭……等你換回男裝吧。」

北舟挑眉，「怎麼，我的女裝有什麼問題嗎？」

「啊？」阿白露出一言難盡的表情，「怎麼講呢。你原本的模樣挺瀟灑疏闊，這一塗脂抹粉……喀。」

北舟心中暗吐了一升老血，面上渾不在意地揮揮手，「滾吧。」

夏侯澹淡淡道：「只是讓他替我找藥治頭疼而已。」

庾晚音奇道：「找藥？」

弄得神神祕祕的，只是找藥而已嗎？

「他那身手，僅僅被派去找藥，會不會有點浪費啊？」

夏侯澹面不改色，「他是江湖中人，或許有門路討到什麼偏方。」

他的目光朝旁邊掠了一眼，庾晚音無須回頭看，也知道他瞥的是床頭那隻雲雀，「不必過於傷別，以後有機會，還會遇見的。」

庾晚音：「……」

聞到了，這股熟悉的酸溜溜的味道。

小醋怡情，挺好的。

不等她醞釀好臺詞，夏侯澹卻忽然偏過頭道：「剛才收到了汪昭傳來的密信，他們預計一個月後可越過邊境，再取道羌國進入燕國。」

庾晚音：？

你倒是別切換話題啊？

「羌國很小，再一個月也就橫穿了。所以如果一切順利，入秋時就該收到燕國的消息了。只是但願那旱災不是今年，否則拿到燕黍也來不及播種。」夏侯澹眉頭深鎖，一臉憂國憂民。

讓她繼續細究阿白的去向，容易露出破綻。

所以必須轉移話題，他對自己說。

庾晚音沉默了數秒才說：「……岑堇天說看今年的雨水情況，應該不至於有旱災。」

「那就好。」夏侯澹根本不留縫隙給她，朝密道入口走去，「說到岑堇天，我叫了他們來開小組會議，差不多快開始了，妳要不要一起來？」

庾晚音迷惑地看著他的背影。

之前好像沒覺得他如此不解風情啊。

「等一下。」北舟叫住阿白，「你怎麼看晚音？」

阿白面露尷尬，「必須聊這個嗎？」

北舟道：「那天你與陛下在冷宮院落中說話，我無可避免地聽到了幾句。你勸晚音跟你走，恐怕不僅是出於愛慕之情吧。」

阿白嘆了口氣：「你還記得我師父那封信嗎？」

北舟面色微變，喃喃道：「熒惑守心、五星並聚……真是此意？」

阿白凝重地看著他。

北舟只覺背脊生寒，下意識抬頭看了天空一眼，「那後面還跟了『否極泰來』四字，又是何意？」

「不甚明瞭，所以說吉凶一線。」

「還有你師父不明了的事情？」

「師父為陛下卜過生死卦，沒有告訴我結果。只說他們兩人身上有許多因果纏繞，似霧裡看花，無從勘破。但我猜那一卦極其凶險，他自那之後就常懷憂思，最終命我出師下山。」

無名客的話語，阿白吞下了半句沒有說：因果纏繞，前塵不在此方天地間。

那兩個人原本不屬於這個世界，所以自然算不出。

阿白眼前浮現出五年之前，自己與夏侯澹初見的景象。

當時他年少輕狂，自視甚高，雖然奉師命去輔助皇帝，心裡卻並未把天子之位看得多重。

待到溜進宮裡看見皇帝本尊，更覺不過爾爾：只是個與自己年紀相仿的少年，縮在榻上閉眼小憩，美則美矣，卻像被抽去靈魂的蒼白人偶，透著一股任人宰割的死氣。

阿白見他睡得毫無防備，忍不住小聲哂笑道：「我聽師父說得神乎其神，還當你是什麼孤魂野鬼呢。」

少年閉著眼翹了翹唇角，「你最好別動。」

剎那間，阿白後頸一寒。因為他聽見身後某處傳來的弓弦收緊聲。

少年心平氣和道：「你一動，機關就動，我又得花上月餘重做一個。」

阿白大氣都不敢出。少年終於睜開眼睛朝他望來，這一睜眼，人偶娃娃碎成了齏粉，冰涼的毒蛇吐出了信子。

他的雙目黑到幾乎不反光，嵌在那蒼白冶豔的臉上，像是從桃花春景間豁開了兩道煉獄的入口，「令師說得沒錯。」

後來他漸漸瞭解夏侯澹，也知曉了對方更多的故事。初遇那一剎那的驚懼已經逐漸淡去，他欽佩其隱忍，感念其不易，心甘情願為其奔波。

但此刻回想，卻又依稀能記起當時不舒服的感受——那是遇到異類的本能反應。

奇怪的是，庾晚音卻完全沒激起他類似的感覺。她雖然也來自另一個世界，卻溫暖無害，彷彿此生從未築起過心防。

他能理解夏侯澹為何會對她另眼相看，但也是因為心頭那一絲抹不去的陰影，他才更不願將庚晚音留在宮中。

阿白心裡這番計較，沒有一個字能對北舟說。

想到北舟對夏侯澹的關愛回護、視若己出，阿白忽然有些心酸，「我聽師父說起過你的一些事。你覺得陛下如何？」

北舟道：「南兒的孩子，自然很好。」

可是……他不是你的故人之子，只是異世來的一縷孤魂。

日後你知曉此事，會難過嗎？

阿白終究要為夏侯澹考慮，不能引起北舟的疑心，輕描淡寫將這話題帶了過去，又道了幾聲珍重，便與之分別了。

第十一章　吾道不孤

庾晚音人進了冷宮，如同社畜放了長假，再也不用早起去給太后請安，也不用應付沒完沒了的宮鬥和神出鬼沒的端王，一時過得心寬體胖。

但社畜沒有真正的假期，小組會議還是要開的。

庾晚音不想缺席，但總不能讓臣子們進冷宮來開會，於是只好自己爬地道過去加入。

這地道才剛剛挖通，暗衛還在努力修葺出個模樣，此時只能容人貓著腰跪行而過，每次爬這一段都得吃灰。

地道另一端的出口，在夏侯澹寢殿的龍床下面。

李雲錫先前突然聽說庾貴妃被打入了冷宮，還飽受折磨，心中萬分錯愕。

他還記得庾晚音的救命之恩，入宮的路上眉頭深鎖，既想諫言勸皇帝幾句，又覺得身為臣子不該議論後宮。

正在道義與規矩間左右互搏，一進寢殿，卻赫然看見那傳聞中快被囚禁至死的女人正坐在夏侯澹身邊。

庾晚音一身冷宮專用荊釵布裙，未施粉黛，臉上還沾了土，落魄得催人淚下。偏偏她一臉平靜，一邊撣灰一邊道：「不用管我，你們聊你們的。」

李雲錫：？

李雲錫望向夏侯澹。

夏侯澹將手邊的果盤向她推了推，然後就沒再管她，淡然道：「都說說吧。」

李雲錫：？

李雲錫又看向身旁的同僚。

岑堇天和爾嵐各自笑了笑，既不問她為何在此，也沒對她的模樣發表任何意見，彷彿這一幕很尋常似的。

岑堇天已經開始彙報了：「上次回去後，臣根據各地的作物品種，整理了旱時應有的產量。陛下再看看各州倉廩儲量，便可推斷旱災來時如何調劑賑災……」

庾晚音塞了塊桃子進嘴裡，熟練地提筆做會議摘要，「岑大人辛苦了。」

岑堇天躬身道：「都是分內之事。」

李雲錫：「……」

要不然他也裝沒事吧。

燕國一事，夏侯澹不打算把所有希望都押在外交上。

燕人身在蠻荒之地，始終覬覦著金粉樓臺的大夏。他們生性驕橫，在大夏強盛時勉強靠和親維持了一段和平，等大夏朝野一陷入內鬥，立即縱馬來犯。

原作中夏侯澹死後，燕王還趁著旱災進犯中原，跟端王打了一場大仗。

如果外交失敗，這一仗終不可避，他們也要早做準備，移民墾荒，存儲糧食，開中實邊，充盈軍備，免得到時毫無還手之力。

岑堇天溫聲道：「自從陛下下旨，降賦減租與開中法並行，民生大有改善。如尤將軍前日所言，邊境之地也已開了不少燕黍田，等再種幾季，即使不從燕國購入種子，或許也能應付旱災。」

提到尤將軍，李雲錫忍不住從鼻子裡哼了一聲：「天高皇帝遠，那傢伙的話不可盡信。」

這尤將軍統領右軍，鎮守南境，按理應該與中軍洛將軍齊名。但與殺神般的洛將軍不同，此人的位子卻不是沙場征伐出來的，而是憑門蔭撈到的。

南境和平已久，把這將軍養得一身癡肥，近來他回朝述職，還遭了夏侯澹幾句譏嘲。

夏侯澹當時在朝堂上演著瘋子，怪笑道：「看愛卿的臉，就知道右軍如今不缺軍餉呢。」

太后黨的文臣們忙不迭地大笑起來。

尤將軍完全沒有洛將軍那樣的煞氣，整個人臊眉耷眼，被諷刺至此，居然也不敢動怒，唯唯諾諾了幾句「勤加練兵報效朝廷」之類的廢話。

他在都城這段時間，沒少與端王接觸，「端水之王」的橄欖枝對三軍平等批發，尤將軍收禮收得偷偷摸摸，辦事辦得摳摳搜搜，哪頭都不得罪。

李雲錫忍不住勸道：「陛下，尤將軍看著不像是能成大事的人，由他坐鎮南境，恐成禍患。」

其實不用他說，庾晚音都知道這人在原作中的下場。

燕國來犯，尤將軍奉旨策應中軍，沒幾個回合就趴下了，投降時甚至還對燕軍上繳了所有武器輜重。

夏侯澹懶洋洋道：「沒指望他成什麼大事。只是由他占著那個位子，朕使喚不動他，端王也使喚不動他，不算壞情況。」

李雲錫道：「可是南境……」

夏侯澹打斷了他：「李愛卿先別操心別人，說說戶部近況吧。」

李雲錫頓了頓，有些懨懨。

他這麼個刺兒頭進入戶部，顯而易見只有被邊緣化的份。如今他幹的是稽核版籍的苦差事。

所謂稽核版籍，就是統計人口和土地的增減變化，編成冊籍上報朝廷。

李雲錫接管此事後，第一次打開戶部的庫房，只見各地歷年遞交的冊子亂七八糟地堆在一起，落了尺厚的灰。

管事的同僚甚至勸他：「快走吧，味兒重。」

李雲錫怒不可遏，獨自埋頭苦幹，一冊冊地規整、校對，果不其然發現了巨大的紕漏。

做得最絕的幾個縣，這幾年來遞交的報告幾乎一模一樣，人口無增無減，土地也毫無變化。

李雲錫自己就是窮鄉僻壤出來的，一下子就知道是怎麼回事了。

許多地方表面上是一戶一田，其實農戶的土地早已經被當地的土豪鄉紳私自吞併了。

夏侯澹先前下令減租，然而這些土豪將吞併來的田又反租給農戶去種，收取的租金竟然幾倍於朝廷。

李雲錫入朝時早已發過宏願，要做最髒最累的活，回報於鄉親父老。

為了釐清土地所有權，他不眠不休地多方查證，勞碌數日，終於理出了第一個州的新冊籍。

冊籍遞交上去，第二日便又打了回來，讓他重做。

李雲錫重新篩查校對了一遍，加上洋洋灑灑一篇長文，再交上去，又被打回。

李雲錫正在改第三次，他的頂頭上司皮笑肉不笑地找了過來，說看他實在勞碌，尋思著將他調去地方。

李雲錫徹夜無眠，最後藏起自己的工作成果，試著交了一份與去年幾乎一致的冊子。

這回上司滿意了，拍著他的肩道：「孺子可教也。」

於是李雲錫明白了，同僚這些年尸位素餐，是因為根本沒人敢管此事。

各州各縣，沒有一本冊籍不是紕漏百出。土豪鄉紳的背後是一層層的父母官，父母官的背後是皇親國戚。

如果澈查，戶部內部都沒有幾個人是乾淨的。再往上查，就是太后——誰能查？誰敢查？

李雲錫說到此處就說不下去了，胸口憋悶得像是含了一口老血。

偏偏這時，爾嵐還溫和道：「李兄，做事還是要變通。」

爾嵐自從得了戶部尚書的賞識，近日躥升飛快，堪稱青雲直上。最近開中法的推行中，有很多活是由她實際監督的。

李雲錫正沉浸在國將不國的悲憤情緒中，聞言像吃了火藥，冷眼睨她，「爾兄又有何高見？不如演示一番，讓下官開開眼？」

記筆記的庾晚音開始憋笑。

爾嵐道：「譬如說先讓被侵吞田地的農戶來告個御狀，再託個宮人去太后面前吹吹風……」

她清清嗓子，還真演示起來：「大人，聽說上次查看國庫之後，太后對戶部盯得很緊。依下官之見，她老人家想讓眾臣都吐一吐私房錢，這整改令下來是遲早的事啊！一想到到時少不了要有人遭罪，下官睡都睡不著了。」

李雲錫：「……」

爾嵐繼續道：「倒不如咱們主動清查，還能把握著尺度，給大家都留個體面。這事您放心交給下官，如何——意思是這麼個意思，李兄出口成章，肯定比我說得漂亮。」

庾晚音笑出了聲。

她越來越欣賞爾嵐了。

李雲錫卻並不覺得好笑，「如果步步走得迂迴曲折，事事辦得藏汙納垢，天下何時才能風清氣正？毒婦當權，生不逢明主，我輩再多的心血都只是無用功罷了！」

言辭間的鋒芒直指夏侯澹，仍是不滿於他的弱勢，不嘴幾句就難解心頭憤懣。

夏侯澹冷漠地看著他，沒有絲毫反應。

庾晚音突然間打了個噴嚏。

她過地道時吸入一點塵土，一直覺得癢癢，醞釀到此刻，終於打了出來。

「抱歉。」她揉揉鼻子。

夏侯澹偏頭看看她，伸出手去，輕輕拍掉她髮間的一點灰。

李雲錫：「……」

這個女人剛才到底經歷了什麼？

這個噴嚏吹走了室內劍拔弩張的氣氛，李雲錫恍然間回過神，忽然有些疑惑——他差點忘了，這女人對外的形象似乎是個妖妃。

而夏侯澹呢？傳說中一言不合就埋人的暴君，聽自己直言極諫這麼多次，別說是動怒，甚至連眉頭都沒皺過一下。

爾嵐早已習慣李雲錫的脾氣，沒再理會他，自行開始彙報工作。

她擔心經過層層上報，最後呈給皇帝的摺子被篡改得面目全非，所以將開中法推行的進度一五一十講了一遍。

李雲錫憋著口氣，聽她說到商人爭相運糧換鹽引，張口刺了一句：「陛下，販鹽之利巨大，商人趨之若鶩是自然的。」

「沒錯，而且日後為了搶占壟斷的權力，定會官商勾結，滋生腐敗。」爾嵐點頭道。

李雲錫頓了頓。他沒想到爾嵐會接這句。

夏侯澹奇道：「開中法不是李愛卿提的嗎？」

爾嵐道：「歷代之政，久皆有弊，世上沒有完美的政令。今時今日，開中法有利於民生，但等到它顯露弊端，就該有新的政令取而代之了。」

李雲錫道：「到那時，爾兄已位高權重了吧。」

爾嵐笑了笑，「不，到那時，我應當已不在朝堂了。」

李雲錫愣了一下。

爾嵐眼中閃過一絲淡淡的落寞，「那時，位高權重者就該是像李兄這樣的人了。而那時的朝堂，也定能讓李兄這樣的人有一番作為。」

李雲錫不明白她為何蹦出這樣的話。

反倒是庾晚音聽明白了。爾嵐的女兒身不可能瞞天過海到永遠，總有一日會被政敵扣上罪名。

爾嵐並不知道夏侯澹這個皇帝早已知情。她入朝為官，恐怕只是想在被揭穿之前多做些事。

庾晚音看了看面帶病容的岑堇天，再想起孤身遠赴燕國的汪昭、被暗殺在湖中的杜杉，心下有些感慨，「此生得見諸位，當浮一大白。」

岑堇天道：「娘娘？」

庾晚音嘆息道：「世道如長夜，誰人能振臂一呼就改換日月呢？但與諸位慘澹經營，即使折在半路，吾道不孤。」

這話原本是說給臣子聽的，話音落下，卻是夏侯澹深深瞧了她一眼。

李雲錫告退前，夏侯澹叫住他，「冊籍你接著整理，不必告訴任何人，直接交給朕。」

李雲錫一震道：「陛下？」

夏侯澹點點頭，平淡道：「會有用得著的時候。」

李雲錫熱淚盈眶。

庾晚音目送他們離開，鬱悶道：「唉，就是因為有這些人，讓人覺得甩手走人的話，挺卑劣似的。」

夏侯澹：「……」

有這句話，就代表她多少被阿白說動過，但權衡過後，還是被牽絆著留了下來。

夏侯澹安靜了一下，笑道：「看來我得謝謝這些臣子。」

「為什麼？」

「讓吾道不孤。」

他話裡的意思藏得太深，庾晚音只當他在談工作，不以為意地伸了個懶腰，「好了，我該回去了……」

夏侯澹拉住她，「吃個飯再走？」

便在此時，安賢低頭走了進來，「陛下——」他一眼瞧見庾晚音，怔了怔，遇到夏侯澹的目光，又慌忙垂下頭，「謝妃在外頭求見。」

夏侯澹最近明面上冷落庾晚音，還要與謝永兒郎情妾意地演一演戲，因此不能不見。

於是庾晚音又回了地道。

她貓著腰向冷宮爬，一邊爬一邊感覺怪怪的，像是偷情還被原配發現，不得不遁走一般。

這想法立即噁心到她。

夏侯澹是怎麼應付謝永兒的呢？跟自己應付端王一樣嗎？

庾晚音又想到己方最近這麼多小動作，也不知宮鬥達人謝永兒會不會發現端倪，會不會去跟端王打小報告。

她越想越煩躁，終於腳下一頓，在甬道裡艱難地掉了個頭，又原路爬了回去。

龍床底下的出口被地磚遮掩，要轉動機關才會露出。

庾晚音從洞底悄悄將地磚挪開一條縫，側耳傾聽外頭的動靜。

謝永兒正在漫聲閒聊。

不知是不是錯覺，她今天的聲音好像比平時更甜膩，彷彿捏著嗓子說話：「陛下，嚐嚐臣妾下廚做的小菜……」

庾晚音聽見碗筷碰撞聲，愣了愣，才發現已經到了晚膳的時間了。

謝永兒一下子布菜，一下子勸酒。菜香與酒香飄入縫隙，庾晚音腹中傳出悲鳴聲。

趴在這裡好沒意思。

這時冷宮中的侍女說不定也做好晚膳了……

她這樣想著，身體卻不受控制，依舊趴在原地。

不知為何，謝永兒一直殷勤勸酒，不僅灌夏侯澹，還用力灌自己。

幾杯下肚，她面若桃花，眼中波光粼粼，瞧著倒比平日多了幾分嫵媚之意，一隻手柔若無骨地貼上了夏侯澹的手腕，輕輕地摩挲。

夏侯澹不動聲色地收回手，「時候不早了，愛妃今日喝了酒，早些休息吧。」

謝永兒嬌笑出聲，又去搭他的肩，「陛下，一日不見，如隔三秋，臣妾心中十分想念聖顏，就讓臣妾多看幾眼吧。」

夏侯澹的聲音透著虛情假意，「這麼說來，朕也許久沒見愛妃了。」

謝永兒咯咯輕笑，語聲漸低，偶爾傳出幾個露骨的字詞。

夏侯澹的聲音冷了下去：「愛妃，我已經說過，比起妳的人，我更想得到妳的心。」

謝永兒突然低低啜泣。

謝永兒道：「陛下真是太好了，一直由著臣妾使小性子，臣妾……臣妾真不知如何喜歡你才好……」

床榻吱呀一聲。

庾晚音屏住呼吸。在她頭頂，謝永兒像條蛇一般從背後纏住夏侯澹，一隻手環過他的腰，朝著某處禁地伸去。

那隻手被扣住了。

謝永兒喝得半醉，只當是調情，笑著想要掙脫。卻沒想到越是掙扎，腕上冰涼的五指扣得越緊。

「陛下，妳弄痛臣妾了……啊！」謝永兒痛呼出聲。

她抽著涼氣僵住不動，只覺得腕骨幾乎要被捏碎了。

醉意一下子散去了大半，她疑惑道：「陛下？」

夏侯澹轉過身望著她。

看清他表情的那一刻，謝永兒心中突然生出一股寒意。

一直以來，她知道夏侯澹的人設是暴君，但這男人面對她的時候，始終表現得色令智昏，甚至還有點卑微——自己不願讓他碰，他就真的一直沒有碰，以至她逐漸淡忘了此人的凶名。

此時此刻，她猛然想起來了。

連帶著想起的還有宮中那不知真假的流言：皇帝多年以來對妃嬪如此凶殘，是因為在房事上有難言之隱。

夏侯澹的語氣平靜無波，她卻莫名聽出了森森的殺意，「愛妃，妳該回去了。」

謝永兒有必須留下的理由。

她咬咬牙，露出泫然的眼神，「陛下，你這是嫌棄臣妾了嗎？」

夏侯澹道：「是的。」

謝永兒：「……」

謝永兒的啜泣聲遠去了，黑暗地道裡的庾晚音陷入沉思。

在她的印象中，原文裡謝永兒直到最後都對端王死心塌地。

難道最近夏侯澹對謝永兒做了什麼事嗎？

為什麼她突然之間變了心？

但聽她的語氣，卻又透著一股做戲的成分……是端王派她來演戲的嗎？

庾晚音正在胡思亂想，頭頂傳來輕微的動靜。

她猛然間回過神，轉身就撤。

結果沒爬出幾步，就聽見機關「喀啦啦」一陣轉動，背後有燭光投射過來。

夏侯澹盯著前方的屁股看了幾秒，「妳怎麼在這？」

庾晚音：「……」

她只覺得這輩子的老臉都丟在了這一刻，掩耳盜鈴般又往黑暗中爬了幾步。

庾晚音虛弱道：「飯後消食。」

夏侯澹沉默了一下，問：「爬地道消食？」

庾晚音已經自暴自棄，「對啊，有助於燃燒全身卡路里。」

身後傳來夏侯澹低低的笑聲。很輕，笑了兩聲又止住了，回音卻在漆黑的甬道裡連綿不絕。庾晚音愣是從中聽出一句潛臺詞：妳那點偷聽的小心思暴露了。

窘迫之下，她心中無端躥起一股邪火。

自己此刻像個真正的炮灰女——宮鬥文裡爭風吃醋、腦子還不好的那種。

夏侯澹咳了一聲，一本正經道：「人走了，妳出來吧。」庾晚音卻總覺得那語聲裡還帶著笑。

「算了，」她硬邦邦地回了一句，「人多眼雜，被瞧見了不好辦，我還是走吧。」

「我不放人進來。」

「還是不安全，安賢不就撞見我了嗎？你快回去吧，萬一被他發現地道呢。」庾晚音繼續往前爬。

身後投來的燭光微弱地搖曳，拖著她的影子蜿蜒向黑暗。夏侯澹沒跟過來，也沒再出聲。她轉了個彎，光線也消失了。

庾晚音直到回到冷宮，晚膳吃到一半，才回過味來。

夏侯澹剛打發走謝永兒就下地道了——他原本是想過來找自己的。

她手中的筷子一頓，羞恥感頓時散了大半，有幾分心軟，但這個時候再大費周章地爬回去也太奇怪了，要知道反覆無常是戀愛腦的最顯著表現。

自己最近真的有點飄了。這腦子一共就那麼點容量，要是還胡亂占用CPU（中央處理器），不出三天就被搞死了。

庾晚音在深刻的反思中獨自過了個夜。

第二天，夏侯澹沒出現。

暗衛倒是冒出來幾次，一車一車地往她的院子裡倒土——他們在兢兢業業地拓寬地道，現在裡頭已經有半段可以供人直立行走了。

庾晚音圍觀一下施工現場，送了幾片瓜給暗衛。

暗衛道：「多謝娘娘。」

庾晚音狀似不經意地問：「陛下今日在忙嗎？」

「今日早朝上好像吵成了一片，許是有什麼急事在等陛下處理。」

庾晚音一愣，「為何吵成一片？」

「屬下不知。」

算算日子，難道是燕國傳來消息了？

庾晚音坐立不安，等到日落，夏侯澹依舊不見蹤影。

被絆住了嗎？總不會在鬧彆扭吧……庾晚音又回憶了一遍昨晚的對話，有一絲心虛。

眼見著吃飯時間都過了，她終於坐不住了，爬下地道看了看。

暗衛已經離開了，夜裡施工動靜太大，會被人發現。

空曠的甬道闃然無聲。庾晚音舉著燈走到半路，腰越彎越低，最後又只能爬行。

她腳下有些遲疑。

不知道另一頭有沒有什麼突發情況。如果自己這一冒頭，又被宮人撞見了呢？

她進冷宮原本就是為了做戲做全套，做出與夏侯澹決裂的假像，以便取信於端王。萬一暴露這個地道的存在，那就前功盡棄了。

正在躊躇間，黑暗盡頭傳來聲響，有個小光點亮了起來。

庾晚音吹熄了手中的宮燈，屏住呼吸一動也不動。

對方卻目力驚人，「晚音？快過來，澹兒病了。」

夏侯澹睡得很不安穩，鼻息急促，緊蹙著眉。

他的臉本就蒼白，現在更是連雙唇都毫無血色，襯得眼下的青影越發濃重。

庾晚音一回想，他這兩次發病都在自己使性子之後。她有些疑心這頭疼與情緒有關聯，又覺得昨夜那點事，應當不至於。

北舟憂慮道：「回來就倒下了，還沒吃飯呢。」

庾晚音悄聲問：「我聽說早朝上吵起來了？」

北舟道：「燕國送來文書，說是陛下千秋節將至，燕王紮櫂瓦罕願派出使臣團來為陛下賀歲。」

庾晚音心跳猛然加快。

聽起來，汪昭好像成功了。

他不僅說服了燕王和談，而且還設法讓燕國主動提出此事，自己完全隱身於暗處。消息傳入大夏，沒人知道其中有夏侯澹的手筆。

「那是誰與誰吵呢？」

北舟煩躁地皺皺眉，顯然對這些黨派傾軋不感興趣，「澹兒提了兩句，好像是端王支持和談，因為兩國不打仗了，他的兵力就不用被牽制在西北，有更多籌碼對付太后。那端王支持的，太后肯定不支持。今兒一整天，御書房的門檻都要被踏破了。」

「太后的人來勸陛下？」

「端王的人也來。都想把他當蠢貨使喚。他還得裝成蠢貨的樣子一個個應付……」

庾晚音嘆了口氣。

是她自我意識過剩了，夏侯澹明顯是被工作拖垮了。

北舟端了碗粥過來，對著人事不省的夏侯澹發愁。庾晚音從他手裡接過碗，「北叔去休息吧，我來。」

北舟拍拍她的肩，走了。

庾晚音坐在床沿看了一陣子，意識到自己幾乎沒見過這人睡著的樣子。每次她入睡的時候，夏侯澹都還醒著；等她醒來，他已經去上早朝了。

他的睡相一直這麼……痛苦嗎？

庾晚音輕輕拍一拍他，「澹總，吃點東西再睡吧。」

夏侯澹沒反應。

「澹總？陛下？」庾晚音湊得近了些，做了個自己都沒有預料到的動作，她的掌心貼上夏侯澹的臉。

下個瞬間，緊閉的雙眼張開了。

庾晚音不由自主瑟縮了一下，將手撤了回去，像食草動物憑著本能嗅到了危險。

一隻冰涼的手抓住她的手腕。

那雙眼瞳裡黑氣翻滾，底色是混沌的，其中沒有任何情緒留存，除了一股瘋勁。

漆黑的眼珠轉了轉，殺氣騰騰地瞥向庾晚音。

庾晚音大氣都不敢出。

彷彿過去了很久，又似乎只是一剎那，那雙眼睛對上了焦，茫然地眨了眨，再睜開時已經恢復了幾分清明。

夏侯澹卸了力道，那隻手仍舊鬆鬆地掛在她的腕上，啞聲問：「我睡了多久？」

「……沒有很久。起來吃點東西？」

夏侯澹無力地動了動。庾晚音猶豫了一下，彎腰去扶他。

夏侯澹忽然浮起一絲笑意，「妳自己吃了嗎？」

庾晚音的心跳還沒恢復正常。她低頭舀了一勺粥遞過去，夏侯澹眼睛望著她，張口接住了。

庾晚音道：「不用管我，我回頭再吃。你……」

「嗯？」

庾晚音想問：你不想被我碰到嗎？

這人清醒的時候，似乎挺喜歡與自己親近，占自己的枕頭，讓自己幫他按太陽穴。然而剛才那反射般的反應，讓她忽然想起昨夜他對謝永兒說的話。

他不僅僅是在排斥謝永兒吧？一個演員出身的人，怎麼會對肢體接觸那麼排斥呢？

有那麼一刻，眼前之人似乎無限接近書中暴君的形象，但暴君也不是天生的暴君，而是被偏頭痛逐步逼瘋的。

……偏頭痛。

這註定不會是個愉快的話題。對方還病著，她最終只是溫聲說：「你今天辛苦了。」

夏侯澹病懨懨地喝著粥，隨口道：「還行吧，除了演戲我也沒做什麼。哦，對了，」他笑了一下，「我還讓楊鐸捷拉著欽天監的老頭子出去夜觀天象，寫了道奏疏。」

當初那批學子中，楊鐸捷與李雲錫才學相當，脾氣也相投，都是火暴脾氣的刺兒頭。但夏侯澹讀過他們的文章，發覺他有一點遠勝李雲錫，就是辯才。

李雲錫這直腸子只會有啥說啥，直抒胸臆，楊鐸捷卻能旁徵博引，舌燦蓮花，豪引天上地下無數例證來說服你。只要是他認定的事，黑的也能說成白的。

所以他被派去欽天監。

楊鐸捷當時對這個安排很不服氣。他入朝是為了參政做事，不是為了編什麼鬼曆法。

夏侯澹用一句話說服了他：「我等現在勢單力薄，只好借力於鬼神啊。」

「事實證明他確實能寫，什麼木星與土合，什麼西北歲星赤而有角，總之就是一句話，該和談了，再打下去要慘敗。非常唬人，連太后黨裡都有人被嚇住了。」

庾晚音笑了，「聽起來很順利嘛，接下來只要坐等使臣團就行了。」

夏侯澹道：「……沒那麼簡單。」

他在枕邊摸索一下，遞給庾晚音一封信，「汪昭寄來的，跟燕國的來書前後腳到達，內容有些蹊蹺。」

汪昭的字跡密集而潦草，似乎是匆忙寫就。

他進入燕國之後調查了一番，情勢與傳聞中差不多，燕王紮櫪瓦罕和他的姪子圖爾關係緊張，誰也不服誰。圖爾年輕力壯，更得人心；獨眼的燕王不甘讓權，跟旁邊羌國的女王打得火熱。羌國雖然弱小，但善於用毒，耍起陰的來，讓只會用蠻力的燕人很是頭痛，燕王便藉此鞏固自己的地位。

先前大夏一舉將他們打退三百里，逐出了玉門關，燕王逐漸上了年紀，這一戰敗，便覺力不從心，開始退而求和。反倒是圖爾野心勃勃，是不折不扣的主戰派。

夏侯澹並沒有把所有希望都放在和談上，先前給汪昭的指示是：如果不能促成和談，就攪亂一池渾水，設法挑起燕國內亂。這樣等到旱年，燕國自顧不暇，就沒有餘力來大夏趁火打劫了。

結果卻比他預料的更為理想，燕王竟然同意出使。但汪昭卻覺得莫名不安。

他在信中指出，燕王與圖爾的矛盾已經白熱化到了一山難容二虎的程度。但是這一次出使，圖爾竟然沒有大張旗鼓地提出反對。以此人凶悍的脾性，此時保持安靜很是反常。

他此番隨燕國使臣團一道出發，擔心半路會遭遇堵截，所以先行來信提醒，讓夏侯澹注意接應。

夏侯澹道：「妳怎麼看？」

庾晚音搖搖頭，「這劇情已經不在劇本裡了，我給不出什麼主意。」

「沒事，那就走一步看一步吧。」

庾晚音吁了口氣。脫離了原作劇本之後，她心中空蕩蕩的了無憑依，總覺得會有事發生。但走到這一步，各人憑真本事鬥智鬥勇，她又能發揮多大的價值呢？

「別聊了，澹兒你今天不許再用腦子了。」北舟用木盤端來幾樣小菜，又遞給夏侯澹一杯溫水。庾晚音被他趕去一旁吃飯，餘光看見夏侯澹服下兩枚藥丸。

她詫異地問：「阿白這麼快就找到藥了？有用嗎？」連病理都沒查出來，怎麼治療？

夏侯澹頓了頓，含混道：「沒什麼用，死馬當活馬醫罷了。」

「別亂吃啊，萬一惡化了……」

北舟道：「沒事，我驗過的。」

已經惡化了，夏侯澹想。

其實不管他吃不吃藥、吃什麼藥，都不影響這頭疼逐年加重。從偶爾的、微微讓人心煩的鈍痛，一點點地演變成持之以恆鑿釘入腦的酷刑。

大多數時候，他都面不改色地忍耐著。

但總有忍耐不住的時候。幸好他的人物設定是個暴君，突然發個脾氣摔個碗，誰也不會覺得詫異。

後來，那樣的時刻越來越多。

再後來……他也漸漸分不清自己還是不是在演了。

直到那一天。

謝永兒鍥而不捨，又努力地勾引夏侯澹幾次，都沒有成功。

她打扮得一天比一天妖嬈，神情卻一天比一天萎靡。

轉眼又到了本月初一，眾妃嬪去給太后請安時，一個個低眉順眼不敢抬頭——都知道太后最近心情不佳，誰也不願觸這個霉頭。

結果太后一看這如喪考妣的氣氛，更是氣不打一處來。

她幹不過端王，阻止不了燕人出使和談。

欽天監的奏疏剛寫出來，她就收到了信，當即將那群老頭子召來，威逼利誘了一番，想將這道奏疏壓下去。

老頭子唯唯諾諾地去了，結果翌日早朝，那奏疏被一字未改地宣讀了出來。

她勃然大怒，這回直接召了夏侯澹，罵他目光短淺與虎謀皮，還不仁不孝，竟忤逆她的意思，屈服於端王。

夏侯澹詫異道：「所以母后的意思是，為了不讓端王如願，應當再起戰事，將中軍活活拖死？」

太后柳眉倒豎：「皇帝真是長本事了啊！」

夏侯澹一臉死豬不怕開水燙，「多謝母后誇獎。」

太后恨得咬碎了銀牙。

她甚至開始想念庾晚音了。庾晚音獨得聖寵那時，是個多麼好用的軟肋啊，她只要拿那小姑娘稍做威脅，夏侯澹便言聽計從了。

現在庾晚音入了冷宮，她還能找誰？

太后瞇了瞇眼，輕聲道：「那個謝妃最近很是招搖，太過惹眼，哀家倒想管教管教。」

夏侯澹：？

夏侯澹道：「請便。」

太后一想起這事，蔻丹指甲就在掌心掐出印子。

她瞥了謝永兒一眼，橫挑鼻子豎挑眼：「謝妃見到哀家，怎麼一副忍氣吞聲的樣子？」

謝永兒一個激靈，慌忙道：「母后息怒，永兒……永兒適才身體有些不舒服。」

太后道：「哦？哪兒不舒服，說來聽聽。」

謝永兒囁嚅了幾個字。

太后還沒聽清，她卻忽然面色一變，猛然起身衝到一旁，彎腰「哇」的一聲嘔了出來。

太后眉峰一動，隱隱露出詫異之色。

謝永兒把所有能吐的都吐了，還在乾嘔連連，半天止不住，只能眼泛淚光，用跪地的動作討饒。

太后看得傷眼，皺著眉頭揮揮手，「扶她下去休息。」

等到眾妃都告退了，太后仍在原地端坐不動，慢條斯理地拈起果盤中的龍眼吃了。

她輕聲問：「當初不是送了避子湯嗎？」

後宮裡沒有祕密可言，謝永兒早上吐了那一場，到晌午時已經盡人皆知。入夜之後，連冷宮中的庾晚音都聽說了——還是夏侯澹跟她八卦的。

庾晚音眼皮一跳，「你知道這通常意味著什麼嗎？」

「懷孕？」夏侯澹搖搖頭，「現在都這麼傳，但我沒碰過她啊。」

庾晚音表情複雜。

夏侯澹反應了過來：「……啊。」

庾晚音拍了拍他。

「所以她最近見到我就跟餓虎撲食似的，原來是為了讓我『喜當爹』？」

這用詞成功地戳到了庾晚音的笑點。她忍了又忍，同情道：「八成是這樣了。」

夏侯澹困惑道：「可她喝過避子湯了，當著我的面喝的，一大杯。」

「那杯茶裡除了避子藥，還有迷魂藥，或許藥性衝突，抵消了一部分。而且謝永兒是天選之女，天賦異稟的，在原作裡頂著太后和各方宮鬥勢力的壓迫，也頑強地懷了孕——順便一提，孩子也不是你的。」

「是誰的？」

庾晚音又拍了拍他。

夏侯澹無語，「端王居然如此魯莽，我真是高看他了。」

「喝過避子湯了嘛，雙方都覺得很安全。他或許還想著即使真的有了孩子，也可以蒙混過關，畢竟誰能想到你居然……守身如玉，碰都不讓碰呢。」

回想起夏侯澹驚醒時那一臉「吾好夢中殺人」的樣子，庾晚音笑容裡忍不住帶上一絲揶揄。但再想起他對謝永兒敬謝不敏，便又有一絲竊喜。

她是現代社會成年人，長得不差，穿來前也交過男朋友的。而夏侯澹以前既然是演員，在那種狂蜂浪蝶特別多的行業，一直單身的可能性就更低了。

她不介意前任這種存在。但有過前任是一回事，穿成皇帝後順水推舟地坐擁後宮，那是另一回事。

前者還在感情範疇，後者就差不多在道德層面了。

以前她沒有淪為戀愛腦，也就沒有特別留意。現在她降級了。她唾棄自己。

夏侯澹淡淡道：「我又不喜歡她。」

「看不出來，你還挺正人君子的，實在是這吃人的皇宮中的一股清流。」庾晚音半開玩笑地誇獎道，卻沒有得到預想中的回音。

她意外地抬頭望去，恰好捕捉到夏侯澹垂下眼簾的動作。他延遲了半拍，才微笑道：「多謝誇獎，我也這麼覺得。」

庾晚音愣了愣。

夏侯澹在她面前，似乎很少露出如此虛假的笑意。

各方博弈了大半個月，太后或許是不想落下一個不顧大局的名聲，最終鬆口，同意放燕國使臣入朝賀歲。

秋色漸深，禮部已經開始著手為冬日的千秋節做準備了。

千秋節是皇帝的壽辰，按理應是舉國同慶的大事。但上回在國庫門前鬧了那麼一場之後，夏侯澹便順勢提出儉政節用，今年為太后修陵寢耗資巨大，自己的千秋宴便一切從簡。

消息傳入民間，加上今年的幾道政令，夏侯澹的名聲大有改善——至於被他順帶暗損了一把的太后如何反應，就不為人知了。

但無論如何從簡，祝壽的酒宴還是免不了的。今年除了群臣之外，還安排了周邊幾個小國的使臣來朝獻禮。

禮部忙得熱火朝天，連帶著欽天監也多出許多活計。

楊鐸捷焦頭爛額。

他作為剛進欽天監的底層官員，順理成章地被安排了最累的活——每天兩頭奔波，與禮部對接，敲定各種良辰吉時、器物方位和儀式順序。

最讓他不滿的是，這工作不創造任何實際價值，全是面子工程。

楊鐸捷和李雲錫一樣，講求實幹，對這些流於形式的繁文縟節非常鄙夷。他一邊巧舌如簧，為一個開飯時間找出八種說法，一邊心中苦不堪言，甚至開始懷疑自己入朝是否值得。

就在這種情況下，夏侯澹還在小組會議上下令：「楊愛卿爭取一下，禮部安排接待燕國使臣的流程時，你也儘量參與。」

楊鐸捷澈底尥蹶子了。

他尥蹶子的方式比李雲錫藝術得多，「陛下，這燕國如果來者不善，咱們再如何精心接待，恐怕也不能使他們回心轉意啊。」

夏侯澹面無表情地將一封信放到桌上，「汪昭在使臣團出發不久前寄出的，前幾日才收到。」

眾人閱後大驚。

汪昭表示自己臨時改變行程，不再與使臣團一道回大夏。原因是燕王熱情好客，一再挽留，請他多留些時日，共敘兩國情誼。

爾嵐道：「汪兄他……」

夏侯澹道：「沒有別的消息了。」

君臣幾人面面相覷，一時間無人說話。

任何有腦子的人都能感覺到其中的蹊蹺。

楊鐸捷掙扎道：「兩國交兵，尚且不斬來使，燕國竟然不把汪兄送回，該不會已經……」

夏侯澹卻很淡定，「原本也沒指望他們安好心。兵來將擋，水來土掩，咱們這邊也不是全無準備。所以你必須參與接待他們，到時才好便宜行事。」

太后身旁的大宮女密切觀察謝永兒一陣子，覆命道：「謝妃一切如常，並未再在人前嘔吐。但她很是警覺，奴婢幾次設法送去滑胎藥，或許是氣味不對，都被她直接倒掉了。」

太后冷哼一聲。

大宮女連忙跪地道：「當初那杯避子湯，是奴婢親自送過去的，據說謝永兒喝下之後反應還很大。既然喝了，理應沒有差池。其實謝妃也未必是受孕……」

「哦？」

大宮女壓低聲音：「陛下的房事一向……否則當年，小太子也不會如此難得。」

太后不知道想到了什麼，嗤笑一聲：「沒用的東西。」

大宮女陪著一起笑，跪行過去為她剝起龍眼，「唉，陛下被那個行刺的美人嚇破了膽，想是從那之後就……呵呵，有些艱難。」

太后拈起圓潤的果肉，「妳懂什麼？他知道自己只是個傀儡。他不聽話，所以哀家想要更小更聽話的傀儡。有了小太子，他就失去了價值。」

大宮女訝然道：「主子是說，陛下從一開始就是演的？」

太后冷冷道：「演又如何，不演又如何，還不是要聽憑哀家擺布？哼，當了這麼多年棄子，臨了卻以為自己翅膀終於硬了，敢與哀家對著幹？」

她一口咬破龍眼，汁水四濺，「和談，哀家讓你談出個天崩地裂。」

第十二章　追妻火葬場

庾晚音正在寫紙條給端王。

這冷宮最大的好處就是讓她不必與端王見面。外頭的侍衛看似是在監禁她，其實也是在保護她，無形中阻斷了所有窺伺的目光。大門之內還設了一重暗衛，就像從前的貴妃殿一樣固若金湯。

在那場血腥魔術之後，端王似乎認定她是個可用的工具人，三不五時便要遞紙條進來給她。

他的紙條風雅得很，筆跡秀逸，用詞也考究，總是一番繾綣情話。庾晚音從字縫裡看出字，整張紙寫的都是「幹活」。

庾晚音這個天眼，有時開得十分積極，盡力幫著他與太后鬥法。參考著胥堯留下的書，她對他的行動總能給出精準的預言，還附帶幾句「我看到你大獲全勝」的吉利話。

有時則開向奇怪的地方，「昨夜夢見謝永兒獨自垂淚，小腹隆起，不知是何預兆。」

可能是她試探得太明顯，對方沒有回應。

還有些時候，她也必須幫端王打壓一下夏侯澹。

按照胥堯留下的書，端王繼續按計畫行事的話，很快便要鬥垮太后黨，將注意力轉向皇位了。但庾晚音還不能妄動。

就像他們之前商量的，她其實只有一次機會。一次之後，無論成敗，她都再也無法對端王施加影響。

每一次紙條交換，都是一步鉤心鬥角的棋，落子無悔。她的反應遠比不上端王迅速，往往需要考慮很久才落下一子。以前面對面、話趕話地打機鋒，她每次都緊張得汗毛直豎。如今隔著厚厚一層宮牆，她的壓力一下子減輕不少。

冷宮還有另一個好處，就是擋住了外頭的三宮六院。

自從謝永兒那驚天一吐，後宮裡最近風雲湧動，而且宮鬥劇情早已如脫韁的野馬般掙脫了劇本一去不返。

庾晚音躲著吃瓜，自知不是那塊料，為免遭受池魚之殃，還是一步都別出去為好。

結果，越怕什麼就越來什麼。

她不宮鬥，宮卻要鬥她。

庾晚音剛寫好紙條，只聽門外傳來一道尖銳的聲音：「本宮要進去，區區廢嬪，有什麼資格攔下本宮？」

庾晚音：「……」

這聲音有點耳熟，是誰……

每篇宮鬥文裡都有那麼一個或幾個情真意切傾慕皇帝、愛而不得的苦命妃子。

在這個故事裡，這個角色叫「淑妃」。

淑妃已經快活了一段時日。

自從那獨得聖寵、不可一世的庾晚音派人毒她不成，自己卻被貶入了冷宮，淑妃便每天傅粉施朱，環佩叮噹，蓮步輕移，以主母的姿態從所有妃嬪面前踱過。

然而左等右等，仍舊等不來夏侯澹的召見。

淑妃迷惑了，淑妃焦慮了。

夏侯澹甚至為她懲罰了庾晚音，為何卻獨獨不肯見她一面？

淑妃使出渾身解數，賄賂了安賢，趁著夏侯澹經過御花園，製造一場邂逅。當那道朝思暮想的修長身影出現在迴廊，她訝然轉頭，眼波流轉，儀態萬方地朝他行禮。

夏侯澹道：「讓開。」

夏侯澹走了。

淑妃失魂落魄。

她終於意識到，這個故事從頭到尾都與她無關。夏侯澹懲罰庾晚音，是因為他惱恨庾晚音——而她淑妃連怒火都不配得到。

她不好過，庾晚音也別想好過。

隨著時日推移，庾嬪依舊被困在冷宮裡，眼見著已經失去了復寵的可能。

淑妃今日就是來找場子的。

冷宮封閉多時的大門發出令人牙酸的吱呀聲，淑妃帶著數名宮人跨進院中。

庾晚音迎了上去，將手背在身後搖了搖，示意暗衛稍安毋躁。總不能為了這麼個宮鬥戲碼就暴露了暗衛的存在。

淑妃上下打量她一眼，有些意外，吊著眼睛道：「喲呵，在這鬼地方待了這麼久，妹妹這張狐媚臉蛋倒是越見嬌嫩了。」

庾晚音道：「多謝姐姐誇獎。」

淑妃怒道：「見到本宮，為何不行禮？」

庾晚音規規矩矩一禮，「是妹妹逾矩了，萬望姐姐恕罪。」

淑妃朝旁側使了個眼色，小太監上前兩步，尖聲道：「請罪就該有請罪的樣子，還不跪下？」

庾晚音靜止了兩秒。

在這兩秒間，她做了些計算：要是起了肢體衝突，暗衛肯定會現身於人前。一旦讓淑妃知道此處的祕密，此人就成了禍患。活人是不會閉嘴的，但殺人的滋味，她也不想再體會了。

「怎麼，不願跪嗎？」小太監高高舉起手掌，氣勢洶洶走來。

庾晚音「撲通」一聲跪下了。

小太監卻一秒沒有遲疑，仍舊一掌抽向她的臉！

暗衛的刀已經出鞘了。

庾晚音突然舉起手，勉強擋下那一巴掌，起身拔腿就跑。

她這一跑超出所有人的意料，連暗衛都愣住了——宮鬥裡好像從來沒有這個選項。

淑妃大喝道：「給我站住！」

太監、宮女一哄而上，追著她打。

庾晚音「狗急跳牆」，被逼出了極限速度，一道風一般颳進室內，反手「砰」的一聲甩上了木門，悄聲招呼暗衛：「快快快，來加固！」

門外，淑妃氣到七竅生煙，吩咐身後的宮人：「還不去推！」

宮人一擁而上，奮力推門，繼而手足並用，又踹又砸，那木門彷彿裝了鋼筋鐵骨，愣是不倒。

淑妃像一頭暴怒的母獅般兜了幾圈，道：「拿斧子來，把門劈開。」

庾晚音：「……」

太拚了吧，這是奔著索命來的啊。

暗衛道：「請娘娘進地道暫避。」

庾晚音道：「那你們記得遮掩好入口，可別把地道暴露了。」

暗衛道：「陛下吩咐過，若有人發現地道，當場格殺。」

庾晚音苦笑道：「這就是傳說中的送人頭吧……」

木門上一聲巨響，宮人劈下一斧子。

恰在此時，外頭傳來陰陽怪氣的一聲：「淑妃娘娘，這是在尋什麼樂子呢？」

淑妃回頭一看，是安賢。

這大太監的出現彷彿讓她遭受了重創，她原地搖晃一下，氣焰頓消，「安公公？」

安賢道：「陛下吩咐過，這冷宮不可放人探望，還請淑妃娘娘去別處散步。」

淑妃回去之後招來姐妹團，又哭又罵。

「小浪蹄子，失寵了還有如此手段，竟能哄得安公公照拂她！」

謝永兒坐在最角落裡，面帶病容，安靜地聽著。

謝永兒以往最得淑妃信任，然而自從疑似有孕，便引燃了淑妃的妒火，如今在姐妹團裡被排擠得厲害。

她聽著眾人你一言我一語地罵了半晌，方才開口道：「姐姐，此事有些奇怪。」

淑妃瞥她一眼：「怎麼？」

「安賢一向見風使舵，若是失勢的妃子，他看都不會多看一眼，又怎會特地趕到冷宮？他為庾晚音出頭，就說明他覺得庾晚音還有價值。」

淑妃大驚：「莫非那賤嬪還能復寵？」

謝永兒低頭：「我不知道，但為今之計，還是別再去招惹她為妙。」

與此同時，庾晚音正在苦勸夏侯澹：「淑妃不能拖下去啊。」

「能。」

「你拖了她，端王就會知道我沒失寵，那之前演那麼多戲不就全白費了！」

「這次不拖，以後別人也舉著斧子來找妳呢？」

「……我的人緣也沒那麼差。」

夏侯澹正色道：「晚音，這冷宮存在的目的是保護妳。它失效了，妳就必須搬出去了。」

庾晚音心中一暖，隨即堅定搖頭，「好不容易騙到端王……」

「這個我已經想好了。」夏侯澹笑道：「接下來咱們這麼演：我轉念一想，還是需要妳的天眼的，所以恢復妳的妃位，放下身段苦苦求妳回心轉意；妳卻已經受盡苦難，與我離心離德，從此心扉只對端王敞開。」

「追妻火葬場？」閱文無數的庾晚音精準概括。

夏侯澹：？

夏侯澹道：「啊對。」

庾晚音後知後覺地意識到自己說了什麼，臉熱了一下，忙道：「也可以考慮，畢竟以端王的腦子，應該不相信你會放著我不加利用。這情節在他看來會比較合理。」

夏侯澹舒了口氣，起身便走。

庾晚音對著他的背影愣神，「去哪？」

「拖人。」

庾晚音對那淑妃實在沒什麼好印象，只囑咐了一句：「別殺人啊——」

「不會。」夏侯澹語氣輕鬆，遮掩住眼中閃過的血氣。

庾晚音又變成了庾妃，搬回了剛穿過來時住的那個宮殿。

她搬出冷宮的時候，淑妃已經被關進了另一座更狹窄破敗的冷宮。因此，她沒見到淑妃進去的時候是什麼形貌。

她只知道別的妃嬪望向自己時，隱隱帶了幾分驚懼之色。

夏侯澹開始表演追妻火葬場，三天兩頭往她的宮裡送些衣裳首飾。庾晚音則冷若冰霜，整日裡素面朝天不加打扮，一副哀莫大於心死的樣子。

過了幾日，千秋節到了。

千秋宴上，庾晚音與其他女眷聚集在偏殿用膳。

她現在只是普通妃子，又因為太后不喜，位子被安排到後排，恰好在窗邊。

為了表現對夏侯澹的冷淡，她穿了一身淺淺的青，髮間也只用一枚素銀簪子裝飾，放在這種場合，煞風景到了叛逆的程度。偏偏配上她這張臉，也有種氣勢奪人的冷豔。

明裡暗裡有無數目光投來，全部被她無視了。

反正看不到正殿那邊的情況，她索性專注對付面前的食物。在冷宮裡雖然也有小灶，但這麼豐盛的宴席卻是久違了。

遠遠地傳來一聲唱名：「燕國使臣到——」

庾晚音轉頭朝窗外望去。

來者有三十多人，有男有女，高鼻深目，一看就不是中原人的長相。男人個個身材強壯，穿著裘衣；女人容顏姣好，身形曼妙，全身佩戴著繁複的首飾，一步步叮咚作響，似是舞姬。

為首一人是個中年男子，臉龐有些發福，笑得還挺和氣。但庾晚音的目光卻被他身旁的人吸引了。

那人穿著打扮與其他從者並無不同，只是身材最為魁梧，留了一大把絡腮胡，遮住了大半張臉，只露出一雙深深陷在眼窩裡的眸子。

庾晚音在窗邊探頭探腦時，那男人突然微抬起頭，陰鷙的目光朝她直直射來。

隔了那麼遠，她卻渾身一麻，彷彿野獸被捕獵者盯上，心頭一片寒意。

庾晚音慌忙縮回腦袋。

等她再去看的時候，使臣團已經進了正殿。

那發福中年人正對夏侯澹呈上賀禮，說話嘰哩咕嚕的，帶著很重的口音：「燕國使臣哈齊納，恭祝大夏皇帝陛下壽與天齊。」

夏侯澹客客氣氣地收下了，抬手請他們落座。

哈齊納又道：「我等此番還帶來了燕國舞姬，願為陛下獻上歌舞。」

夏侯澹道：「甚好。」

便有幾個燕人去借了殿中教坊樂師的樂器，輕輕撥了幾下弦，充滿異域風情的音樂流淌而出。

鼓點響起，樂聲一揚，美豔的舞姬款款入場。

便在此時，忽然有人尖聲道：「這美人獻舞自然是妙事一樁，只是為陛下計，恐怕應當先仔細搜身，才比較穩妥吧？畢竟距離上回燕姬入宮，還未過去太久呢！」

音樂驟停，殿中落針可聞。

誰都能聽出這話在影射當年行刺未遂的珊依美人。

滿殿臣子暗暗交換眼神，有人偷眼望向了端坐在皇帝旁側的太后——這出言發難的臣子是太后黨的人。

哈齊納臉上的橫肉一陣古怪地抖動，顯然在強忍怒火。

夏侯澹道：「放肆！」

那大臣熟練地跪下，「臣冒死諫言，是為陛下安危著想呀！」

哈齊納卻在這時擺了擺手，「無妨，我等本為祝壽而來，無意挑起爭端。既然這是大夏皇宮的規矩，那麼搜身便是了。」

偏殿中全是女眷，氣氛悠閒。讓人害怕的太后和皇帝今天都不在，眾人舉止比往常隨意了不少。一群年輕女子邊吃邊聊，像是普通聚餐。

正殿那頭傳來隱約的樂聲。妃嬪們饒有興致地側頭去聽，樂聲卻又戛然而止。

眾人面面相覷。

在千秋宴上出這種岔子，委實有些古怪。當下就有幾人離席湊到窗邊去探頭張望，餘下的也議論紛紛。

只有兩個人紋絲不動地坐在原位。

一個是謝永兒。謝永兒蔫得像霜打的茄子，往正殿的方向瞥了一眼，又默默收回目光。

另一個是庾晚音。她卻是在觀察謝永兒。

感覺到有人在看自己，謝永兒倏然抬頭，發現是庾晚音後卻沒再移開目光，就那樣愣愣地與她對視著。

幾息之後，她站起身，端著酒杯走了過來，「姐姐，我敬妳一杯。」

庾晚音道：「啊……應該是我敬妳。聽說妳當時勸過淑妃別再找我，我很感激。」

謝永兒沉默著，苦笑了一下，「我現在明白妳說的了。大家都是可憐人罷了。」

她滿腹心事，舉杯欲飲，庾晚音攔了一下，「酒對身子不好，喝茶吧。」

謝永兒聽出她的暗示，動作一頓，像隻警覺的母貓般弓起了身子。

庾晚音努力打消她的戒心，「沒事的，妳可以相信我……」

謝永兒卻無意再談，將杯中酒一飲而盡，匆匆回到自己的位子。

沒過多久，她突然失手打翻了酒杯。

庾晚音詫異地轉頭去看，謝永兒已經帶著侍女離了席，躬身朝偏殿的側門走去。

不知她找了什麼理由，越過侍衛，轉眼消失在夜色裡。

庾晚音用力眨了眨眼。

她應該沒有眼花，方才謝永兒的衣裙上滲出一點血跡。

庾晚音後知後覺地站了起來。

我靠，真滑胎了？

那她這是要跑去哪？

庾晚音自然知道古代滑胎有多危險，搞不好要出人命的。天選之女死了不是玩完了？這本書該不會要腰斬了吧？

顧不得多想，她忙撇下侍女，跟著跑了出去。門外侍衛狐疑地看著她，「娘娘可有要事？」

庾晚音哂笑道：「……人有三急。」

她轉頭四顧，已經不見謝永兒的人影。

正殿的方向倒是又傳出了樂聲。

音樂聲起，將竊竊私語蓋了下去。舞姬們通過了搜身，開始翩翩起舞。

夏侯澹端起酒杯喝了一口，目光從杯沿上方投向殿中諸人。有人嗤笑，有人疑惑，還有人滿臉緊張。

緊張的那個人似乎感覺到什麼，戰戰兢兢地抬頭瞥了一眼。

這一眼正正對上天子的雙目，他嚇得一個激靈，突然起身，隔了兩秒才驚呼道：「哎……哎呀！我腰間的玉佩怎麼沒有了？」

左右應聲道：「王大人不要急，再找找。」

「已經找過了，附近都沒有，我入席時明明還佩戴著的……」那王大人說著，望向了坐在自己旁邊的燕國人。

這一眼的影射之意已經昭然若揭。

那燕國人一臉陰沉，嘰哩咕嚕說了句什麼。

哈齊納也走了過去，冷冷道：「既然懷疑，那麼搜身就是了。」

王大人面對著高大的燕人，手指有些發抖，硬撐著伸向對方的衣襟。

等他收回手，指間捏著一枚玉佩。

王大人道：「怎會在這位使者身上？」

那燕人大吃一驚，緊接著勃然大怒，一把摔了手中的酒杯。

摔杯這動作可是極其危險的訊號，附近的大內侍衛瞬間呼啦啦冒了出來，將他們團團圍住，手中的兵刃直指那群燕人。

哈齊納氣到手抖，轉身去看夏侯澹，「你……你們……」

有人按了下他的肩。

按他的正是那個格外魁梧的從者。哈齊納轉過頭，兩人飛快交換一個眼神。

哈齊納深吸一口氣，咬牙躬身道：「我們是荒蠻的人，沒有見過這樣的繁華，他或許一時起了貪念，還請見諒。」

他話音剛落，魁梧從者反手一拳，揮向那個被指為小偷的漢子，直接將人掀翻在地。

哈齊納道：「隨你們處置。」

太后看戲到現在，慢悠悠地開口了：「嗯，既然使者喜歡玉佩，送你們就是了，不要為了這一點小事壞了兩國情誼。」

王大人笑著將玉佩丟到地上那漢子的身上。

燕人紛紛變色，氣得臉都青了。

漢子一眼沒看玉佩，緩緩站了起來，任由玉佩隨著他的動作滑落，伴著一聲清響碎成兩半。

殿內氣氛劍拔弩張，有一根弦繃到了行將斷裂的程度。

夏侯澹開口了：「王愛卿，這玉佩是你從哪裡搜出來的？」

王大人一愣，躬身道：「回陛下，是他的……衣襟之內。」

夏侯澹道：「是嗎？是哪裡？」

王大人剛才那一番搜身的動作被所有人看在眼中，此時只能硬著頭皮說：「似是胸口處。」

夏侯澹道：「朕看這些燕人的衣服，似乎無法像我們一樣貼身，這麼小的東西塞入衣襟，竟能被固定在胸口處？真有趣，快重新演示一遍。」

王大人：「……」

哈齊納嘰哩咕嚕地吩咐了兩句，被指控的漢子行了一禮，撿起半枚玉佩，放入自己衣襟。

又是一聲清響，玉佩直接掉到地上，摔得更碎了。

王大人早已嚇得面如土色，「這……或許有什麼誤會……」

夏侯澹道：「看愛卿的袖口，倒像是能固定住玉佩的樣子。不如你塞進去讓我們瞧瞧？」

王大人哪還敢動，只是磕頭。

夏侯澹興味索然道：「行，拖下去吧。」

王大人被拖下去了。

當下哈齊納一臉感動，連贊君主聖明；夏侯澹則一臉歉意，親自賜了一杯酒給那被冤枉的漢子。

音樂又起。

席間再無人說話。

在場的人都接收到同一個訊號：皇帝這是澈底與太后翻臉了。

如果目光能化為實體，太后已經把夏侯澹射成了篩子。

夏侯澹恍如未覺，恭敬道：「母后，兒臣敬妳？」

便在此時，有個太監匆匆跑來，貼在太后耳邊說了幾句話。

太后頓了頓，怒容一收，唇邊忽然浮起一絲笑意，對夏侯澹道：「哀家聽說方才有兩個妃子突然離席，出了偏殿，看方向似乎是跑入了御花園的林子裡。是誰來著？」

太監躬身道：「是庾妃和謝妃。」

夏侯澹眉間微微一動。

「好像還有個妃子衣上見血了……」太后無奈道：「哀家這就去看看，皇兒在此主持壽宴吧。」

太后直接甩袖走人。

滿堂文武都在偷看天家的鬧劇，只有一個人仍舊望著燕國使臣團。

燕人陸續重新歸位時，端王也站起了身。他似乎要去向皇帝祝酒，與燕人擦肩而過時卻不慎失手，酒杯墜落下去。

——落向一個人的腳尖。

那人足尖反射性地一掂一偏，將酒杯穩穩接住，滴酒未灑。

但只是一瞬間。

這個瞬間過後，那杯酒又循著原有的路線，從他腳上滾落下去，潑濺了一地。

「實在抱歉。」端王溫文爾雅地抬頭，看向那魁梧從者。

從者道：「……無妨。」

端王驚訝似的睜大了眼，「你的官話說得真好。」

從者一個躬身，走開了。

端王轉頭望著殿上叮叮咚咚起舞的美女，自言自語般輕聲說：「真是人間絕色，可惜，還是比不上當年的珊依美人。」

他沒去看那些燕人的反應，做出一副自悔失言的樣子，搖頭不說話了。

回到席間，他輕輕使了個眼色給身旁的心腹，比了個優雅的手勢。

只有心腹知道這手勢的意思：派人跟蹤。

此時此刻，所有要人都聚集在千秋宴上，御花園附近看守很鬆。

庚晚音在黑燈瞎火的林子裡轉了半天，耳朵終於捕捉到一道粗重的喘息聲。

「妹妹？謝永兒？」她循聲走去。

謝永兒癱在一棵樹旁，倚著樹幹喘著粗氣。借著月光和遠處微弱的燈火，庚晚音看見她裙上的斑駁血跡。

庾晚音道：「妳這是……」

她心驚膽戰地檢視一圈，沒在地上看見什麼恐怖的肉團，不禁鬆了口氣。

遠處傳來腳步聲，數盞宮燈搖晃，似乎有一群人在朝此處走來。

庾晚音情急之下不及細想，「妳還能站起來嗎？妳先跑回去換身衣服，我來擋他們一下。」

謝永兒瞪著她，那眼神很迷茫。

庾晚音瞧出她已經是強弩之末，「有什麼事回頭再說，先走。」

謝永兒沒有動，苦笑道：「我站不起來了。」

來人已經到了眼前。

太后道：「妳們這是幹什麼呢？呀，怎會有血在那種地方。」她舉袖擋住臉，別開了眼，像是見不得這種污穢。

庾晚音硬著頭皮解釋：「臣妾也不知，許是受了傷？」

地上的謝永兒卻神志不清，喃喃了一句：「是方才那杯酒……」

她短暫地吸了口氣，腦袋一歪，暈死了過去。

謝永兒剛發現自己懷孕時，簡直難以置信。

事情的起因無非是一些情到濃時，一些爭風吃醋，以及一場蓄意醉酒。她想拴住端王的心。她以為自己喝過避子湯，應當萬無一失。

誰能想到那鬼東西對她沒用！

端王知曉之後倒是氣定神閒，還溫柔安慰她道：「沒事的，我與皇帝長相差得不遠，孩子生下來也不會有人發現異常。」

謝永兒驚恐道：「可皇帝並未……」

「並未什麼？」

謝永兒住口了。那瞬間，她覺得夏侯泊的目光裡有某種可怕的東西蠢蠢欲動。

她不能讓端王知道皇帝沒碰過自己，因為他肯定會逼迫自己墮胎。

作為一個現代人，她知道古代墮胎的手段有多危險。

但她還有辦法，可以趁著沒有顯懷，趕緊把夏侯澹辦了，替孩子上個戶口。

這原本應該是個挺簡單的任務——如果夏侯澹不是那樣的怪胎的話。

謝永兒死活想不明白，自己都主動送到嘴邊，夏侯澹怎麼能八風不動地當柳下惠。

難道他真的不行？原文裡沒這麼寫啊！

隨著時間推移，事態漸漸滑向了絕望的深淵。

一場嘔吐誤事，引來了太后橫插一腳。

太后開始想方設法對她下藥。

起初她以為太后此舉是因為發現她與端王私通。後來仔細一想，若是那樣，她早就被直接賜死了。太后並不知曉實情，卻依舊出手了。

後宮這些年沒有任何皇子誕生是有原因的，太后只允許有一個小太子。

也就是說，無論孩子上不上戶口，都只有死路一條。

謝永兒終於死心，轉而想辦法科學墮胎。

她是天選之女，總有些特別的機緣，比如太醫院中就有個天才學徒與她投緣。她正一步步獲取他的好感，想讓他瞞天過海幫自己配個安全的藥。

與此同時，她還得時刻警惕著所有食物和水，以免被太后得逞。她看過原作，知道太后手裡全是虎狼之方，她吃下去，九死一生。

眼見著安全的藥方就要配成，沒想到在千秋宴上功虧一簣。

喝下那杯酒後，她腹中絞痛，眼前發黑，勉力支撐著逃出偏殿，只來得及躲進樹林就跌倒在地。

那噩夢般的過程發生時，只有一個侍女陪伴著她。

她慶幸當時一片黑暗，看不清楚胎兒的樣子。她讓侍女獨自逃走，換個地方將那塊肉掩埋。

再之後，庾晚音就來了。

謝永兒醒來的時候，已經在自己的床上了。

一個太醫正在幫她把脈。

床邊站著太后和一臉委屈的庾晚音——庾晚音純屬躺槍，因為身在事發現場而不得脫身，被押來接受審問。

太后問：「怎麼樣？」

太醫道：「這……出血很多，脈象虛浮，似是滑胎，但又不見胎兒……」

太后立即道：「若是滑胎，那可是大事，快去通知陛下。」

謝永兒猛然抬眼。

不能讓夏侯澹知道！夏侯澹知道了，自己就死定了！

她掙扎著支起身來，「母后容稟，臣妾原就沒有身孕！只……只是當日因為腸胃不適，在人前嘔吐過，想是有人誤以為我懷了龍種，竟在酒中下毒……」

太后道：「妳的意思是，有人下毒想讓妳滑胎，所以妳雖然腹中無子，卻還是出血暈厥？」

謝永兒道：「是。」

太后眨了眨眼，「那是誰下的毒呢？」

謝永兒慢慢抬頭，不敢與她對視，只盯著她的下巴。

太后殷紅的嘴唇一張一合，「謝妃若是知道什麼，務必指認出來。」

謝永兒的思緒遲緩地接上了。

她不能指認太后，除非嫌命太長。

但她出血又是事實，所以必須有一個人揹鍋。

床邊的庾晚音眼睜睜地看著謝永兒慢慢轉向自己。

庾晚音：？

太后大喜，「看來庾妃與此事脫不開干係啊。」

庾晚音猛然跪地道：「當時是謝妃主動向臣妾敬酒，臣妾絕對沒有碰過她手中的酒杯！」

太后道：「那妳為何追著她跑出來？」

庾晚音道：「……臣妾只是擔心……」

太后根本不想聽解釋，「來人，將這兩個妃子關在此處，沒有哀家的吩咐，不得離開。」

她揚長而去，房門「吱呀」一聲闔上了。

如果目光可以化為實體，庾晚音已經把謝永兒的整張床付之一炬了。

是故意的，這女人絕對是故意的。

她知道此胎非墮不可，那杯毒酒不喝不行，所以如何都要拖自己下水。她來敬酒，那就是明晃晃的釣魚行為！

夏侯澹那邊也不知道怎麼樣了，自己被絆在這出不去，回頭還不知道要被太后扣上什麼罪名。

謝永兒躲避著她的目光，破天荒地露出一絲愧疚的神色。

庾晚音已經對這個人澈底失望。

雖然是個紙片人，好歹也是現代設定，格局怎會如此之小？

疲憊與怒意交織之下，她衝動地做了個決定。

是時候放棄懷柔策略了。

端王已經快幹倒太后，很快就會拿出全力對付夏侯澹，留給他們的時間不多了。

一個宮女端著藥碗走來，「娘娘請服藥。」

謝永兒對宮人遞來的液體產生了心理陰影，「不用了，我沒事……」

庾晚音陰陽怪氣道：「妹妹身子有恙，還是該好好喝藥，可不能捨本逐末。」

謝永兒低頭不語。

庾晚音道：「這就彷彿有一天妳騎著馬，在深山裡迷了路，身上沒有食物，妳找啊找啊，最後找到了一條河，河裡有魚，妳想釣魚。」

謝永兒：「……」

庾晚音道：「但妳沒有魚餌，於是看向妳的馬。」

謝永兒一臉空白地望向她。

庾晚音道：「妳把馬殺了，剁碎了馬肉當魚餌。魚釣到了，但妳的馬也沒了。這一切，真的值得嗎？」

謝永兒凝固了。

她不知道宮女是何時退下的，自己又和庾晚音四目相對了多久。

彷彿過了一個世紀，她終於張了張嘴：「妳……妳是……」

「這還有別的可能嗎？」庾晚音走到床邊望著她，輕聲說：「我累了，我們打開天窗說亮話吧。」

謝永兒的眼睛失去焦距，視野一片模糊。

她努力對了對焦，卻瞧見庾晚音身後，房門上映出一道修長的人影。

謝永兒一下子汗毛倒豎，試圖阻止庾晚音：「別說了。」

庾晚音卻無視她的眼神示意，「逃避是沒有用的，妳已經清楚我是誰了。」

謝永兒冷汗直下，「什麼妳是誰，我怎麼不明白……」

「我覺得妳非常明白我的意思。」

庾晚音見謝永兒還是一味閃躲，漸漸暴躁起來，原想直接說句「how are you」，臨時想起門外還站著侍衛，便轉而走到桌邊抄起一支筆，在宣紙上龍飛鳳舞地寫下這句話。

她舉著紙張走回床邊，半路腳步一頓，也望向房門，「陛下？」

那抹影子動了動，夏侯澹推門走了進來。

謝永兒今夜情緒幾番大起大落，已經到了精神失常的邊緣，沒等庾晚音說什麼，她憑著求生的本能搶白道：「陛下，庾妃方才一直在說奇怪的話，還在紙上寫些鬼畫符，臣妾有些害怕！」

庾晚音：「……」

夏侯澹一手搭在庾晚音肩上，問謝永兒：「妳早已發現朕在門外，還故意引她說話寫字？」

謝永兒：？

夏侯澹道：「魚釣到了，但妳的馬也沒了，這一切，真的值得嗎？」

謝永兒：「……」

謝永兒凝為雕塑的時間裡，庾晚音耐心等著她回魂，順帶低聲問：「你怎麼來了？」

夏侯澹道：「聽說有人嫁禍給妳，我來撈妳啊。」

「那太后……」

「她讓人驗了謝永兒離席之前喝的那杯酒，其中被下了滑胎藥。然後她又說謝永兒親口說是妳下的毒，帶了人要來抓妳入獄，我攔住了。」

「然後呢？」

「然後我說要親自來審一審謝妃。她指責我是想屈打成招，逼人改口。我就說，既然要澈查，那乾脆好好清算清算。」

夏侯澹眉頭一皺，當場演了起來：「母后，治標不如治本哪。宮中一切進出皆須造冊記錄，妃嬪無故不能出宮，這種毒藥卻能混進來，防守之疏忽簡直令人髮指！」

庾晚音配合道：「皇兒的意思是……」

「依兒臣看，就先將今日侍奉宴席的所有太監、宮女嚴刑審問一遍，若是無人招供，再逐一擴大範圍，守門侍衛也要一一排查，務必查出是誰弄來的藥材。來人——然後我指了指太后身邊那大宮女，」夏侯澹自帶旁白，「若朕沒有記錯，妳也在千秋宴上吧？」

庾晚音柳眉一豎，盡得太后真傳：「哼，皇兒莫不是在暗示什麼？」

夏侯澹憂慮道：「母后息怒，兒臣唯恐母后身邊有歹人藏頭露尾，危及母后啊——然後這事就黃了。反正太后記我的仇都記了三千本了，也不差這一樁。」

他說得輕描淡寫，庾晚音卻聽得驚魂不定。

「真有你的，夏侯澹。」她有些後怕，「你是一點也不怯場啊。」

「必須的，她自己做了虧心事，較真起來也該是她先慌。」夏侯澹瞥見庾晚音手中那張寫著英文的紙，順手接過去，湊到燈燭上燒成一縷青煙。

見他對英文視若無睹，凝固在旁的謝永兒終於死了最後一點心，「所以，你們兩個與我一樣，都是穿來的？」

庾晚音心想著與妳還是有微妙差異的，口中卻沒有點破，「是的。既然大家都是同類——」

謝永兒臉色灰敗，打斷道：「我在明你們在暗，你們一直盯著我，從一開始我就是沒有勝算的，對嗎？」

庾晚音還沒說話，夏侯澹搶答道：「沒錯。全程看著妳綠我，可刺激了。」

庾晚音被嗆得咳嗽起來，忙使眼色：點到為止，別刺激她。

謝永兒沉默了一下，慘笑道：「既然如此，為什麼現在又攤牌了？直接把我弄死，對外就說我難產而亡，又不至於引起端王懷疑，豈不更好？」

夏侯澹又搶答道：「確實，我也覺得奇怪，晚音妳為什麼告訴她？弄死得了。」

庾晚音：？

大哥你是來拆我臺的嗎？庾晚音更用力地瞪他一眼，轉頭對謝永兒儘量友善地說：「都走到墮胎加嫁禍這種劇情了，再不攤牌，就是你死我活的局面了。大家都是同類，妳有沒有考慮過另一種可能性？」

謝永兒擁著被子冷笑一聲，「我願賭服輸，妳也不必惺惺作態。一開始不告訴我，卻要看著我一步步陷入泥淖。如今我落魄至此，妳倒來自稱同類了，不覺得可笑嗎？」

她此時面無血色，擁被而坐，看上去姿若蒲柳、弱不禁風，全身上下只剩一雙眼睛還活著，湧動著不甘的怒意。庾晚音瞧見她這不屈不撓的眼神，心中生出無限的無奈，「如果我們一穿來就去通知妳，妳的第一個反應會是合作嗎？」

謝永兒：「……」

謝永兒被問住了。

那時，她滿心覺得上天給了自己一次重來的機會，捨棄過往平庸無趣的人生，要在這一方新天地間大展拳腳。

她預知夏侯澹必死無疑，所以毫不猶豫地投靠了端王，而端王也順理成章地接納了她。她躊躇滿志，每一步都走在必勝之路上。

如果當時突然發現夏侯澹成了變數，她的第一個反應大概是驚慌失措，怕他報復自己，繼而就去通知端王，趁著這變數尚且弱小時將之抹除吧。

庾晚音這一問戳到她的痛處，「妳什麼意思？我只是想活到最後，有錯嗎？難道妳不想？」

庾晚音道：「我想的。」她放緩語氣，「其實我不覺得都是妳的錯，錯的是這個鬼環境。可以的話，我希望妳也能活到最後，我們幾個一起，吃個小火鍋，來打幾局牌……」

她意在安撫，謝永兒卻像是橫遭羞辱，怒目看著這對狗男女，「成王敗寇，別演聖母了，如果易地而處，你們的選擇不會與我有差別！」

夏侯澹嗤笑一聲，「差別可大了。」

他今天似乎打定主意要拆臺到底，「晚音要是跟妳一樣，妳怎麼還活著？」

庾晚音道：「不不，不是這樣，其實永兒沒她自己想像中那麼狠，真的。剛才你進門之前，她不是在引我說話，她想警示我的。」

謝永兒一噎，神色晦暗不明。

夏侯澹卻搖搖頭，伸手拉住庾晚音，「我看跟她沒什麼好說的了，走吧。」

庾晚音匪夷所思地看著他，夏侯澹卻暗中加了一把力，強行將她帶出了門，還回頭補上一句：「再加一批侍衛來，謝妃養病期間，將這道門看死，禁止進出。」

走到無人處，庾晚音放慢腳步，「你幹什麼呢？謝永兒還有用，她這時正是情緒脆弱的時候，我想威逼利誘策反她。」

夏侯澹很淡定，「我知道，我在跟妳打配合啊。」

「那叫打配合？」

「對啊，我來威逼，妳來利誘。我都被綠了，對她用點私刑也是順理成章的吧？妳回頭再摸進去送個飯、上個藥什麼的，攻破她的心理防線。」

庾晚音道：「……私刑？」

夏侯澹點頭：「相信我，單靠嘴炮是沒用的。」

「你先別急，好歹讓我試試唄。」

夏侯澹聳聳肩，「就知道妳會這麼說。隨便試試，能拿下就拿下，拿不下就算了。那是個真惡人，就算策反了，妳還得防著她演戲，雞肋得很。」

庾晚音躊躇了一下。

「其實吧，我剛才說的多少也是真心話。現在想想，她今晚的舉動或許並不是蓄意而為，只是應激反應。而我希望她活著，也是怕這本書腰斬，說到底是為了自保……」

夏侯澹停下腳步。

庾晚音沒發現，還在往前走，「我與她沒有那麼大的差別。」

「有的。」夏侯澹斬釘截鐵道。

庾晚音回頭：？

夏侯澹站在原地望著她，那眼神很奇怪，「妳是不是從來沒想過，讓一個人活著有很多種方式？砍了她的腿，將她終生囚禁，只要她不死，目的是不是也達到了？」

「……」庾晚音後頸的汗毛突然豎了起來。

「這都想不到，妳還好意思自稱惡人。」夏侯澹似乎覺得好笑，「換作謝永兒就一定想得到。再提醒妳一遍，她可是紙片人，劇情需要她有多壞，她就有多壞。」

庾晚音怔怔地望著夏侯澹。

他還穿著宴席上的禮服，只是摘了冠冕，髮髻歪在一側。剛才不知被敬了多少杯酒，身上殘留著淡淡的酒氣。或許正是因此，他今晚說得比平時多一些，也隨性一些。

隨性到令人有一絲不安。

庾晚音道：「你——」

「嗯？」

你可要保持警覺，別被這個角色同化了啊。

「你——」庾晚音抿了抿嘴，「你剛才在宴席上，看出那群燕國人有什麼不對勁了嗎？」

夏侯澹漫不經心道：「肯定有問題啊，太后那麼挑釁，他們居然忍下來了，一點脾氣都沒發，看來是醞釀著更大的事。」

庾晚音心不在焉地點點頭。

「不過，千秋宴是守衛最森嚴的時候，他們要搞事也不會挑今天，多半是等著與我私下談條件時再發難吧。先別想這個了，外面冷，快回去吧。」

但在她轉身之時，夏侯澹拉住她的手。

庾晚音心臟猛然一跳，回頭看他。

肌膚相觸，夏侯澹的指節突兀地動了一下，似乎下意識想要鬆開，最終卻沒動。

修長而蒼白的手，本就泛涼，被這夜風一吹，冷得像蛇。

庾晚音打了個寒噤。

夏侯澹鬆開了，「剛才妳走得匆忙，吃飽了嗎？」

「……啊？沒事，我回去讓宮人隨便熱點什麼當宵夜。」

夏侯澹從衣襟中取出幾個巾帕包著的點心，「還是熱的，先墊墊。」

庾晚音愣愣地接住點心。確實是熱的，因為一直貼身保存，至少還帶著體溫。

這人一邊與太后針鋒相對，一邊與燕國人鬥智鬥勇，還想著自己會餓。

「不會吧，這也太容易感動了，大惡人。」夏侯澹笑著看她。

庾晚音吸了口氣，「陪我走一段吧，我怕太后堵我。」

「行。」夏侯澹催她，「快吃，不然我白帶了。」

庾晚音食不知味地咬了口點心，「說起來，你原本長什麼樣？看久了暴君這張臉，我很難想像你原本的模樣。」

在她身後半步之外，夏侯澹瞇起眼努力地回想了一下。

「就……普通吧，不難看。」

「普通？」庾晚音笑道：「你不是演員嗎？」

「所以不得志嘛。」他接得十分流暢，「妳呢？」

「我啊，普通社畜，化完妝勉強能被誇一句可愛，卸了妝就不好說了。」

「不必妄自菲薄，肯定也是好看的。」

夏侯澹一路將庾晚音送回住處，才自己回寢殿。他們對外還在演追妻火葬場的戲碼，進入宮人視線範圍之後，庾晚音就冷下臉來，不鹹不淡道：「陛下請回吧。」

夏侯澹也不知是不是在演，溫柔道：「那妳早些休息。」

庾晚音低頭進了大門。

「北叔？」她驚訝道。

「澹兒方才派我過來，這段時間由我近身保護妳。」北舟低聲道：「今晚妳這邊發生什麼事了？」

「說來話長，簡直一波三折……」

「看出來了。」北舟點點頭，「妳臉都急紅了。」

此時此刻，太后黨正在開小會。

眾人一臉沉重，肅穆不語。太后低頭自顧自地撇著茶葉。

她不開口，臣子只好站出來主動檢討：「是微臣無能，沒料到陛下會在千秋宴上當眾發難，一時不知如何解圍，害了王大人……」

「王兄當時手慌腳亂，也是難堪大任，入獄遭殃並不冤枉。」這是素來與王大人不對付，趁機穿小鞋的。

「看來陛下是年紀漸長，生出自己的主意來了。臣等無能，還得請太后為江山社稷計，多加管教，啟沃聖心啊。」這是煽風點火攛掇人的。

太后終於抬起頭，「管教？」她笑了笑，「他是擺明了再也不會聽管教囉。」

「依臣之見，這雖是父子，太子殿下卻聰慧寬厚，頗有明君之風呢。」這是暗示太后換一個傀儡的。

小太子低眉順眼地坐在一旁。

太后今夜卻不發火了，語帶蒼涼，「時機過了。」

他們錯過了最佳時機，端王勢頭太猛，如今穩穩壓他們一頭。此時殺了皇帝，無異於為端王做嫁衣裳。

臣子們還在你一言我一語地爭論先對付皇帝還是先對付端王，太后「啪」地放下茶盞，打斷他們：「看皇帝的表現，是鐵了心要和談了。要是跟燕國修好，從此邊境無虞，端王就澈底坐大了。」

必須牽制住邊境的兵力。

她下了決心，輕飄飄道：「那群燕人官話都說不利索，在都城行走，少不得要與夏人起些摩擦。一群蠻人，一言不合就該動手了吧？到時刀劍無眼，沒準會見血呢。」

臣子們寂靜了。

穿小鞋的、煽風點火的、打小算盤的，全部止住了話頭，呆滯地望著座上的女人。

太后要的不僅僅是和談失敗，那對她來說還不夠。

她要幹就幹最大的場面，直接將燕國使臣團消滅在此地。兩國相爭斬殺來使，無異於最大的羞辱，她想引來燕軍復仇，挑起一場新的戰事。

惡人，這是真惡人。

內鬥是一碼事，若是將燕國牽扯進來，性質可就上升了。

一個臣子抹了把冷汗，道：「這，國土安危……」

另一人忙不迭站隊道：「怎麼，諸位還怕真打起來了，中軍會戰敗不成？即使中軍敗了，還能調右軍過去呢，到時燕人與端王兩敗俱傷，我們正好坐收漁翁之利。」

一句笑談，將萬千將士的性命擺成了桌上的籌碼。

抹冷汗的臣子偷偷望向一旁的小太子，似乎指望他能開口說句什麼。太后察覺到了，索性問了出來：「太子以為如何？」

小太子想了想，道：「皇祖母說打，就該打。」

太后大笑道：「真是我的乖孫，比現在龍椅上的那個強多了。」

即使是最野心勃勃的臣子，此刻也有些犯怵。

想到大夏的江山終有一日會落到這樣一個孩子手上，難免心中一寒。

第十三章　全是紙片人

張三已經即位幾年了。

排布成「SOS」形的鐵線蓮一年年地綻開，新的秀女一撥撥地入宮。

張三知道自己不能留下子嗣。這幾年間，他裝瘋賣傻，明裡暗裡與太后作對太多，太后對他的耐心已經消耗殆盡。一旦有皇子誕生，他作為傀儡的職業生涯也就到頭了，第二天就會意外摔死在井裡。

然而，他也不能拒絕選秀納妃，因為他不知道這其中哪一個妃子，會是那個同類。

他要從太后派來要孩子的、端王派來下毒藥的、各方勢力派來操控他的佳人中，分辨出她來。

那個人在哪呢？什麼時候出現呢？這個執念就像垂死之人吊著的一口氣，逼迫他踉蹌前行。

他學會了不動聲色地觀察她們的一言一行，隱晦地暗示和套話，兵來將擋地逃避房事，水來土掩地阻擋刺殺。

就連御前侍衛中都混進過奸細。那之後他就不再信任他人的保護，花費了幾個月自食其力，在寢宮造出了滑輪控制的機關，只消按下藏在各處牆壁的特定磚頭，就會有暗箭射出。

有時候他也會突然停下來想，即使真的找到了她，又能怎麼樣呢？他幫助不了她，也配不上她的幫助。

女主角是要去找男主角的，而他只是個反派。

剛穿來時，他還懷抱著逆天改命的天真夢想。如今他都快忘記自己的名字與長相了。他是張三還是夏侯澹？那所謂的現代人生，只是他幼時在御書房做過的一場夢嗎？

女主角看見這樣的他，恐怕也會轉身而逃。

珊依也是在那時入宮的。那一年，燕國將她與一箱箱的珠寶、狐裘一道送來，她的名字被寫在禮單上，先是獻舞，再是侍寢。

不同於後來越傳越神的傾城傾國，珊依當時被稱為美人，只是因為被封為美人。她年紀很小，幾乎還沒長開，唯有一雙眼睛極大，眨動眸子時顯得茫然而可憐。

她的長相有些像張三手下的第一條人命，那個小宮女。

珊依不怎麼會說官話，也聽不太懂。張三照例試探了兩句，她聽不懂他的現代梗，還以為是自己官話不好，泫然泣下地謝罪，求他別趕自己走，否則燕國的大人們會打她的。

張三道：「他們打不到妳了。」

珊依只是哀求，比劃著說：「我必須，跟你睡。」

張三：「……」

他哭笑不得，「那妳躺下睡覺吧。」

珊依懵懂地點點頭，真就安靜躺下了。

張三遇到的上一個腦子這麼簡單的人，還是他的國中同學。

他自顧自地翻了個身。

因為頭疼，也因為枕畔有人，他通常很難入睡。但那一天，她身上的胭脂味彷彿上等的安神香，他不知為何昏昏沉沉，很快陷入淺眠。

——後來他才知道，那還真的是特地為他調配的。

接下來的事，其實他的記憶也很模糊了。因為在意識清醒之前，他的身體已經先一步動了。

等他掙扎著睜開眼，胭脂味裡混入了濃重的鐵鏽味。珊依伏倒在他身上，死不瞑目，手中舉著一把匕首，背上則插著機關中射出的暗箭。

月光從雕窗傾瀉進來，潑灑了她一身。她空洞的雙目仍舊顯出幾分迷茫，彷彿不明白世上怎麼會真有夢中殺人的怪物。

張三與她對視了很久，笑了。

他將她的屍體拋下床，枕著滿床鐵鏽味的月光，重新闔上眼。

那是他殺的第二十七個人。他決定不再計數了。

沒什麼大不了的，全是紙片人，全是紙片人，全是紙片人。

千秋宴後的清晨，都城的街道格外熱鬧。

往來的商販與行人腳步不停，卻都偷眼望向人群中幾道格外高大的身影，眼中隱隱帶著戒備。

燕國人。

雖然聽說他們是來和談的，但數年交戰的陰影尚未消失。或許也正因此，怎麼看都覺得這些使者身上散發著不好惹的氣息。

哈齊納低頭走路，耳中飄入某座樓裡傳出的唱曲聲，哼了一聲，用燕語說：「太柔弱了，遠不如我們的歌聲悠揚……」

在他身邊，那魁梧的絡腮胡從者突然舉起一隻手臂，攔住他的腳步，「等等。」

哈齊納抬頭，不遠處有一夥人迎面而來。都是販夫走卒的打扮，地痞流氓的神情，手裡抄著破銅爛鐵當傢伙。

為首的道：「我兄弟說攤上丟了東西，是你們偷的吧？」

燕國人剛剛經歷昨夜那王大人的詆毀，聞言登時眼中冒火，「證據呢？」

「證據？你們站直了讓我們搜身啊。」來人面露凶光，伸手就來拉扯他們的衣服。

燕國人哪裡忍得下這口氣，當即怒喝一聲，出手打了起來。

卻沒想到來人一出招，竟然個個訓練有素，根本不似尋常走卒。

哈齊納入城時被卸了武器，空手與之過了幾招，臂上竟被砍中了一下，血流如注。

他面色一沉。

這是一次有預謀的行動，對方分明是玩命來的！

哈齊納下意識轉頭喊了一聲：「王……」

絡腮胡用手勢制止了他。

哈齊納道：「你先走，我們來對付他們！」

絡腮胡道：「一起撤。」

燕國的漢子沒有不戰而逃之說，哈齊納以為自己聽錯了，「什麼？」

絡腮胡道：「跑！」

他不由分說地拖著哈齊納猛然倒退。對面數把暗器飛來，絡腮胡閃步擋在哈齊納身前，舉起手臂一一格擋，袖中傳出金鐵之音，是穿了護鎧。

哈齊納轉頭一看，背後不知何時也被一群人堵住了。

絡腮胡拖著他衝進旁側的窄巷中。餘下的燕國人萬分屈辱地跟上，對方卻還窮追不捨，大有趕盡殺絕之勢。

絡腮胡邊跑邊沉聲道：「不能應戰，我們殺一個人，就會被扣個罪名抓起來。」

哈齊納回過味來，怒罵道：「陰險的夏人！」

燕國人吃了地形不熟的虧，片刻後被對方驅趕進一條死衚衕。

哈齊納背靠牆壁，望著烏泱泱一大群追兵，悲憤道：「同歸於盡了，把他們全幹掉，也不吃虧！」

絡腮胡卻嘆了口氣，「虧了，計畫沒完成。」

他們身後忽然傳來一聲清亮的呼哨。

絡腮胡猛地回頭，瞪著背後那面牆壁，「牆後似乎有路，翻過去。」

當下燕人一邊藉著窄巷阻擋追兵，一邊互相借力翻過了高牆。牆後果然是路，哈齊納來不及多想，護著絡腮胡狂奔了一段，追兵沒再跟來。

牆對面隱約傳來怒吼：「都拿下，押去官府！」

哈齊納喘息未定，「官兵來了。」

絡腮胡道：「來殺我們的那一夥，想必是太后的人。官兵就是皇帝的人。」

「那剛才打呼哨的呢？也是皇帝的人嗎？」

絡腮胡瞇了瞇眼，「也許不是。如果是皇帝的人，為何不光明正大出來相見？」

端王府正在開小會。

方才打呼哨的人正跪地覆命：「使臣團裡那個哈齊納，似乎不是真正的領頭人。屬下聽得懂一些燕語，方才哈齊納叫了那魁梧從者一聲『王子』。」

夏侯泊道：「燕國有很多個王子。不過，他那把絡腮胡瞧著詭異，多半是為了掩蓋面目。尋常的燕人一輩子都沒被大夏人見過，沒必要藏頭遮面。既然偽裝了，想必是個老熟人。」

探子道：「殿下是說……」

夏侯泊似笑非笑，「應該是在沙場上與夏人打過照面吧。他那個身手，倒也當得起『燕國第一高手』之稱了。」

探子一驚道：「那人是圖爾？圖爾不是與燕王水火不容嗎，怎會替燕王出使？不對啊，他改名易容，難道是瞞著燕王偷偷來的？」

夏侯泊沉吟：「應該是偷天換日，冒名頂替了真正的使臣團吧。燕王是想要和談，至於圖爾嘛……」

他的心腹紛紛展開分析：「聽說他與數年前死去的珊依美人是青梅竹馬。珊依死在宮裡，燕人卻不認行刺的罪名，反而指責大夏害死了她，以此為由宣戰。」

「所以圖爾是真心恨上了皇帝，決定效法荊軻？」

「不對吧，荊軻刺秦後，自己也必死無疑，圖爾大好前程，何必賭命呢。」

夏侯泊想了想，「你們說，燕國內部是不是出了什麼事？」

「殿下是指，圖爾不敵燕王，在燕國待不下去了，所以孤注一擲跑來大夏，想要壞他叔叔的大計？」

夏侯泊慢悠悠道：「無論真相如何，總之這次和談八成是要黃了。皇帝本就勢單力薄，身邊的高手已經死了，圖爾帶了一群『荊軻』來，驟然發難的話，他逃不脫的。」

心腹遲疑道：「要不要……向皇帝透露些什麼？」

話音剛落，夏侯泊微笑著看向他，「你這麼好心？」

心腹嚇得立即跪倒，「屬下是為殿下考慮啊！若是真讓圖爾殺了皇帝，兩國又要起戰事……」

夏侯泊溫和地扶起他，「這倒不假，原本我也是這樣想的。但我方才突然又想到，以圖爾的身手，當荊軻的時候一不小心將太后也殺了，似乎也非難事吧？」

心腹傻了。

「到時群龍無首，強敵在外，太子年幼，必須有一人攝政主持大局。」端王眨眨眼，「至於戰事上，我既已知情，可以早做準備，也不至於被燕國突襲，措手不及。」

心腹們寂靜了。

惡人，這是真惡人。

心腹道：「不愧是殿下，高瞻遠矚。」

夏侯泊笑道：「所以，不必通知皇帝，必要時還可以助圖爾一臂之力。接下來，只需要確保他們動手時，太后也在場。」

「來，喝。」楊鐸捷晃了晃酒壺。

李雲錫猛乾一杯，「楊兄家這藏酒是不錯，那我就不客氣啦。」

楊鐸捷沒說什麼，坐在一旁的岑堇天笑道：「難得見李兄如此開懷暢飲。」

李雲錫：「……」

李雲錫如今雖然混了個官職，但苦日子過慣了，為人比較摳門，自己根本捨不得買酒，上楊鐸捷這做客才開了戒。

被岑堇天揶揄了一句，他也不生氣，反而勸道：「咱哥們三個好久沒聚了，岑兄也來一杯？」

岑堇天揮了揮蒼白的手，「不了不了，我還想留著命多種幾日田。」

他倒是並不避諱自己的病，但李雲錫不擅長說漂亮話，微醺之下更是遲鈍，舌頭打結了半天才憋出一句：「你……你最近氣色不錯啊。」

岑堇天哪裡不知道他的脾氣，聞言笑出了聲，「李兄有心了。」

楊鐸捷道：「確實。」

李雲錫皺眉瞪著他。

楊鐸捷道：「怎麼？」

李雲錫道：「你今天見面以來說的話，尚未超過十個字。我就奇怪了，你小子不是最會說話了嗎，怎麼突然惜字如金起來了？」

岑堇天也問：「楊兄似乎清減了些，莫不是遇上了什麼事？」

楊鐸捷自己一口悶了一杯酒，苦笑道：「別提了，我這輩子都不想說話了。」

半壺酒後。

楊鐸捷道：「你們在戶部倒是得償所願了，可知我進了欽天監，每天負責什麼？卜筮！星命吉凶，禍福興衰，天天編故事給人看。你們以為瞎編就成嗎？不行！大人物要這一卦算成壞的，它就得是壞的，還必須算得步罡踏鬥、窮神知化，壞得揚葩振藻、斐然成章。我的文采是幹這破事用的嗎？」

李雲錫：「……」

岑堇天：「……」

楊鐸捷打了個酒嗝，「這才哪兒到哪兒，還有更離譜的呢！有時太后要它壞，可陛下要它好，欽天監裡分成兩派，同僚之間辯經似的來回打機鋒。我日易千稿，筆都磨禿，就為了證明那破龜甲往左裂是裂得好！嗟乎，天底下竟有如此淒慘之事，我楊鐸捷十年寒窗，修出這八斗之才，最後終於當上了算命先生？」

李雲錫：「……」

岑堇天忍不住，笑了一聲：「你別說，倒是形神兼備。」

楊鐸捷長得頎長白皙，兩道長長的細鬚隨風一飄，頗有些仙風道骨。

李雲錫搭住他的肩，「道長，你看我這手相……」

楊鐸捷有氣無力地罵道：「滾。」

李雲錫笑夠了，安慰道：「陛下不是說了嘛，眼下需要你寫的那些裝神弄鬼的東西唬人，再過一陣子，他會把你調走的。」

楊鐸捷以手撐額，低聲道：「我問一句大逆不道的，你們信他嗎？」

岑堇天當初就是第一個向夏侯澹表示效忠的，聞言乾脆地點了點頭。

李雲錫沉默了一下，「他說讓我繼續整理各地的土地冊籍，終有一日會用上，也算是天子之諾吧。」

楊鐸捷驚了，「你剛進戶部時可不是這麼說的！那爾嵐長袖善舞，混得平步青雲，你也不介懷了？」

李雲錫露出些微不自在的神色，「我現在不那樣看他了。」

楊鐸捷怔了怔，苦笑一聲，頹然道：「原來只有我一個人還在彷徨。」

「楊兄……」

楊鐸捷將聲音壓得更低，「自從湖上初遇以來，我們已經見過數次聖顏了。你們注意過沒，那聖人望過來的眼神，有時候……倒也不愧聖人之名。」

如大風掠過草木，無悲無喜，天地不仁。

另外兩人一時無話。

楊鐸捷將客人送到門口，在道別前補上一則消息：「禮部那張主事，你們知道吧？我們一起準備千秋宴，混得很熟。昨兒他悄悄告訴我，燕國使團在大街上遭到匪徒追殺，僥倖逃脫。」

李雲錫回頭看他，「是太后假匪徒之名想除去他們吧？」

楊鐸捷道：「八九不離十。結果，陛下命禮部去他們的館驛登門道歉，陣仗擺得很大，對著他們的冷臉還軟語安慰了半天。」

岑堇天感嘆：「那真是給足他們臉面。陛下是真心想促成和談。」

楊鐸捷道：「所以我更不解了。當初派汪兄孤身去燕國的時候，我就心裡打鼓。現在汪兄有去無回，凶多吉少，陛下自己都猜測這群燕人來者不善，卻還要放下身段去討他們的好，他到底在想什麼？他心裡真的有計畫，還是僅僅以此為由頭，在從太后手上奪權？」

最後一句心裡話，他終究沒有說出口：我們難道只是夏侯澹爭權的棋子與喉舌嗎？

夜裡，圖爾喘著粗氣驚醒過來。

大夏館驛中的床鋪很柔軟。太柔軟了，簡直讓人的四肢深深陷入，移動困難。或許正是因此，他才會做噩夢。

圖爾翻身坐起，掃了床邊席地而坐的幾個侍衛一眼，「幾時了？」

「三更了。」哈齊納點起一盞燈，「王子，你沒事吧？」

圖爾起身去洗了把冷水臉，在回來的路上瞥了窗外一眼。

夜色之中，館驛大門外還有不少禁軍值崗。據說是大夏的皇帝為了保護他們，防止匪徒再度作祟，特地加派的人手。

至於到底是守衛還是監視，那就不好說了。

哈齊納皺眉道：「多出這些人，咱們的計畫……」

圖爾倒是很平靜，「靜觀其變吧，這次和談本就是夏侯澹私下促成，他總會親自見我們的。到時候再動手。」

但是從哈齊納擔憂的眼神中，他能推斷自己此刻的臉色不太好看。

是因為夢見了珊依吧。

圖爾煩躁地晃晃腦袋，甩掉了臉上的水珠。暗淡燭光中，他沒黏鬍子的臉龐有著深刻俊美的輪廓。

圖爾重新吹滅了燈燭，躺在黑暗中望著天花板，「你們說，紮欏瓦罕發現了嗎？」

離開燕國的時候，他名義上還被困在家中不得離開，也無人探望。他留下了與自己形貌相近的替身，只要燕王紮櫹瓦罕不召見自己，就不會察覺異樣。

哈齊納道：「一直沒有消息傳來。大王本就不常見你，應該不會發現。」

圖爾嗤笑一聲：「他此刻還在翹首期待和談的結果吧？」

他的手下們發出一陣壓低的嘲笑聲，像一群呼哧帶喘的野獸。

哈齊納笑得尤其開心，「他是一匹斷了牙的老狼，只能等死。」

圖爾知道哈齊納的父親是被燕王殺死的。這些跟他來到大夏的男男女女，有些是與夏人有血債，有些則是與燕王有深仇，所以甘願踏上這條有去無回之路。

而他自己呢？

有選擇的話，他其實並不想當卑劣的刺客。他一生所求，是立馬橫刀，率軍殺入夏國都城，砍下皇帝的頭顱。

但燕王老了，軟弱了，打不動了。被夏國派來的說客一慫恿，就想親手將戰火熄滅，還要將為他出生入死過的戰士一一除去。

兔死狗烹——這是圖爾從夏人那裡聽過的說法。

但那時，他並未意識到自己也是一條狗。

曾經的紮櫹瓦罕並不是這樣的。他恨極了大夏，以虐殺夏人為樂。

圖爾聽到過傳言，夏人當年在射瞎他一隻眼睛的時候，其實還射傷了另一個地方。所以他沒有自己的子嗣，只有圖爾這麼個姪子。

紮櫂瓦罕待圖爾算不上親厚，但也盡職盡責地教過他騎馬狩獵。

年少的圖爾在姑娘們熱切的眼神中縱馬歸來，將狩獵成果一件件呈在叔叔腳邊：無數的鳥雀、四隻兔子、兩頭鹿，還有一匹年老的狼。

有人吹捧道：「王子的身手越來越好了，很快就會成為燕國第一高手了吧！」

圖爾笑著望向叔叔，卻捕捉到他臉上稍縱即逝的不悅。

當時圖爾並不知道那個微妙表情的含義。即使他知道，也說不出諂媚阿諛的話語。

所以他一無所覺地行禮離開，小跑到等待自己的珊依面前，變戲法般亮出一朵新鮮帶露的花，別到她的髮間。

在一無所覺中，那條無形的罅隙逐日擴大。直到燕王聲稱，要在貴族中選出一名聖女，將她作為和平的禮物獻給夏國。

圖爾砸開叔叔的大門，「為什麼是珊依？你明知道我跟她……」

燕王只回了一句：「她的身分最合適。」

圖爾在黑暗中翻了個身，輕聲道：「再忍幾天，別出紕漏。」

哈齊納道：「是。」

端王黨連夜開小會，熬掉了不知多少根頭髮，推翻了不知多少種方案，只為確保圖爾不僅能成功行刺，還能順手帶走太后。

想在此時讓皇帝、太后和燕人這三方聚集到一處，其實難如登天。

太后跟皇帝勢同水火，還在找機會殺使臣。她都如此撕破臉了，皇帝就算是個傻子也不會讓她接近使臣團。

端王已經步步為營地忍了這麼多年，所求無非正統，要名正言順地坐上那皇位。所以此番借燕人之手，一次除去兩大勁敵，對他來說至關重要。

心腹們又薅下無數把頭髮，最後想出一個驚天奇招。

他們找夏侯泊如此這般地彙報了一番，夏侯泊也不禁揚眉，「富貴險中求啊。」

心腹道：「此招確實危險，變數極大，屬下也並無把握一定成功。或許……謝妃娘娘能算一算？」

謝永兒在端王黨中其實是個名人。

不僅因為她跟端王那點剪不斷理還亂的緋聞，也因為她出的主意，常常如神來之筆，匪夷所思，卻又每每如窺破了天機一般，能未卜先知，所言必中。

聽到這個名字，夏侯泊頓了一下。

謝妃在千秋宴當晚滑胎，經太后與皇帝一鬧，滑得無人不知。心腹們對她腹中孩子的生父多少有些猜測，此時不禁八卦地偷瞄端王，試圖打探他對此事的感想。

夏侯泊召來一名探子，「謝妃在宮中如何？」

探子道：「滑胎之後，發熱不起。皇帝大怒，說要澈查此事，整頓後宮，還派了侍衛保護她養病。」

說是整頓後宮，但後宮這些年沒有任何孩子出生，大家都明白這鍋是誰的。

心腹們八卦的眼神更加熱切，似乎想瞧瞧自己侍奉之主究竟有沒有人類的七情六欲、喜怒哀樂。

夏侯泊停頓的時間比平時略長一些，眉間隱隱染上了憂色。

心腹們莫名鬆了口氣，卻聽他道：「胎都滑了，應該無人會再害她，此時還派人手保護，似有些蹊蹺。」

心腹們：「……」

這就是你的感想？

這真的還是人類嗎？

夏侯泊道：「總之想辦法遞張紙條進去，說我想與她一見吧。」

此時此刻，謝永兒絲毫不知道自己正處於怎樣的風雲中心。

她睡得昏昏沉沉，驚醒時還神志混沌，蓄在眼眶中的淚水一下子滾落下去，滲入枕頭。

「妳夢見誰了？」有人在床邊問。

謝永兒迷迷糊糊地扭過頭，夏侯澹正俯視著她。

「妳一直在道歉。」夏侯澹唇角一挑，語帶諷刺，「夢見端王了？孩子沒了，妳對不起他？」

謝永兒直愣愣地望著他，「不是。」

夏侯澹道：「那是誰？總不會是我吧？」

謝永兒回過神，閉口不答了。

夏侯澹「嘖」了一聲：「說說唄，反正現在大家都不用演了，妳也死定了——」

「行了行了，我來吧。」庾晚音從他身後探出頭，伸手摸了摸謝永兒的額頭，欣慰道：「可算退燒了，這古代醫療環境真是嚇死人。妳感覺怎麼樣？要喝水嗎？」

謝永兒還是不說話。

庾晚音轉身去推夏侯澹，「你先出去，我跟她談談。」

夏侯澹錯愕道：「為什麼趕我？」

庾晚音對他一個勁使眼色，「沒事的，交給我。」

她關上門，重新回到謝永兒身邊，「還難受嗎？」

謝永兒費力地支起上身，靠坐到床頭，強打精神問：「你們也不必唱紅臉白臉，直說吧，找我有什麼事？」

庾晚音笑了，「行，那我就直說。端王送了張紙條進來，約妳今晚在冷宮那破房子裡私會。」

謝永兒閉了閉眼，深吸一口氣，「所以你們今晚就得放我出去見他。」

「怎麼，不放妳的話，妳還指望他打進來救妳？」

「不。若是讓他發現異常，我就失去了他的信任，對你們也就失去了價值吧？妳想拉攏我，不就是為了套他的情報嗎？」

庾晚音頓了頓，嘀咕道：「這時倒挺聰明。」

謝永兒怒道：「我本來就很聰明！我輸給妳是輸在資訊不對等，妳不要搞錯！」

「妳輸給我？不對吧，我們本來就沒什麼可爭的。」

「事到如今說這種漂亮話——」

庾晚音認真道：「非要說的話，妳難道不是輸給端王嗎？」

謝永兒：「……」

庾晚音對著她蒼白的臉蛋看了半晌，突然跑去搬來妝奩，道：「轉過去。」

謝永兒問：「做什麼？」

「今晚不是要約會嘛，幫妳做個造型。」庾晚音扶著她的肩膀轉了轉，讓她背對著自己，舉起梳子幫她梳頭，「女生寢室八卦時間，妳沒經歷過嗎？」

謝永兒道：「沒用的，別對我打感情牌。」

庾晚音不為所動，逕自八卦了起來：「所以妳剛才真的夢到夏侯泊了？」

謝永兒緊緊抿著嘴，擺明了非暴力不合作。

「這麼卑微嗎？」庾晚音連連搖頭，「妳還記得自己是現代女性嗎？他明知道妳會被太后逼著墮胎，還讓妳懷上了，這種無情無義的狗男人妳還道歉……」

謝永兒抿不住了，「都說了不是他。」

「那是誰？肯定也不是夏侯澹啊。」庾晚音皺眉想了半天，一驚，「難道是我？妳終於良心發現，明白我對妳的好了嗎？」

謝永兒：「……」

庾晚音一臉感動，「姐妹，恭喜妳終於悟了，不過道歉就不必了，我這人心胸比較……」

謝永兒忍無可忍道：「是我媽。」

庾晚音：？

謝永兒背對著她低下頭，「可能是因為得知了你們的身分吧，我夢見一點穿進來之前的事。我穿來之前還在為了無聊的事跟她吵架，都沒來得及道個歉。」

庾晚音本來是抱著做攻略任務的心態來聊天的，此時不禁頓住了動作。

謝永兒之前說話一直拿捏著古人腔調，如今這樣坦率直言，倒讓她頭一次有了「同類」的真實感。

庾晚音想了想，道：「我穿來之前倒是跟我媽通了電話，她問我什麼時候回家，我說週末就回去。聽她語氣神神祕祕的，也許是又學了道什麼小吃，想做給我吃吧。」

謝永兒的頭略微抬起了一點。

庾晚音卻不說話了，周身氣氛消沉。

謝永兒問：「妳是哪裡人？」

庾晚音的心突地一跳。《穿書之惡魔寵妃》裡的城市名，跟現實世界一致嗎？

她繼續梳頭，試探著說了個最大眾的：「北京。妳呢？」

謝永兒道：「A城。北京在哪？」

庾晚音道：「……小縣城，沒聽說過也正常，離妳那還挺遠的。」

謝永兒道：「哦？你們那小吃很發達嗎？」

庾晚音根本不是北京人，仗著《穿書之惡魔寵妃》肯定沒寫過，順口唬她：「還行吧，豆汁聽說過沒，可好喝了。」

謝永兒果然遺憾道：「沒喝過。」

「那妳可錯過太多了。」

庾晚音幫謝永兒打理髮型的當口，一盤大棋正緩緩成形。

大棋落成之前，每一顆棋子都以為自己不在局中。

比如太后。

太后正用剪子打理她心愛的盆栽，大宮女低聲通報道：「木雲大人求見。」

這木雲是太后黨中一個敬陪末座的臣子，說話略有些結巴，顯得老實巴交，常被同僚嘲笑。

三日後就是簽訂和談書的日子了，太后正為殺不了那燕國使臣而心煩，不耐道：「他能有什麼事？」

大宮女道：「他說他有一計。」

太后：？

木雲進來了，戰戰兢兢道：「微臣以為，陛下如今對……對那群燕人，如母……母雞護崽，不宜直接衝……衝撞……」

太后「哢嚓」一聲剪下一根雜枝，「木大人有何提議，不妨直言。」

木雲更緊張了：「邶……邶……邶……」

他「邶」了半天沒下文，太后自己已經想明白了，眼睛一亮。

邶山。

邶山上有一座正在修建的陵寢，是夏侯澹為太后所築，近日就該竣工了。

這是大事，皇帝理應陪同太后去驗看一番。

那邶山遠在都城之外，木雲是遞了個正當由頭給她，讓她將夏侯澹引出城去。皇帝走遠了，他們再突然發難弄死使臣。

等到皇帝反應過來，早已萬事休矣。使臣一死，兩國交惡不可避免，這場仗端王就是不想打也得打。

木雲還在結巴：「邶……邶山……山……」

太后道：「妙啊。」

木雲：？

太后眼睜睜看著皇帝一天比一天強硬，該撕破的臉皮已經撕破了，對他的容忍也到了盡頭。

她殷紅的指甲掐下一朵花，在指間把玩了一下，「就這麼辦吧，明日一早哀家便與他上山。」

木雲賠笑道：「這……這個理由，陛下無……無法推辭。」

太后五指一收，揉碎了花瓣，順手拋進土中，「平日裡看不出來，你還挺機靈。」

木雲的笑容僵硬了一下。

太后笑道：「也罷，待我們一走，城中之事就交給你了。此事若是成了，記你一功。」

木雲狂喜道：「謝……謝太后！」

他點頭哈腰地退下了，出門之前，用看死人的眼神瞥了她最後一眼。

太后正吩咐宮人去通知夏侯澹，沒有注意。

就這樣，一場大風起於青之末。

庾晚音已經幫謝永兒做完髮型了，正在托著她的臉化妝。

庾晚音道：「眉形不錯啊。」

謝永兒道：「放在這年代太粗了，得剃掉一些。這些古人審美不行。」

庾晚音：「……」

庾晚音道：「確實。」

女生寢室八卦活動進行到現在，謝永兒的語氣已經澈底現代化了，眉眼間的憤懣鬱卒也淡去了不少。

庾晚音拉著她聊吃喝玩樂，聊學生時代，聊難纏上司和極品客戶。這些遙遠的詞在半空中交織，創造出一方幻境，謝永兒置身其中，彷彿暫時忘卻了處境，做回了白領上班族。

謝永兒突然吁了口氣，「想想才覺得，穿來之後的日子過得好不真實。」

庾晚音的目的達到了，胸口卻有些發悶。

謝永兒並不知道，即使是作為上班族，她也沒有真實過。

每一顆棋子都以為自己不在局中。

比如圖爾。

一支暗箭穿破了館驛的窗紙，裹挾著勁風射向圖爾。

圖爾身形微微一晃，旁人根本看不清他如何動作，那支箭矢已經被他抄在手中。

箭上串著一張紙條。

哈齊納深深皺眉，「王子，快放手，小心箭上有毒。」

圖爾依言丟了箭矢，轉頭看了窗紙上的破洞一眼，「是從街對面射過來的。」

哈齊納搶上兩步，以巾帕包住手指撿起紙條，展開一看，詫異道：「是燕語。」

紙上用燕語寫著：「明日皇帝上邶山。有人要殺你們，小心。」

署名不是文字，而是一朵花。

哈齊納道：「這人是在暗示什麼？我們的身分被識破了？他知道我們要殺皇帝？」

圖爾沉思。

若是身分暴露，他們還能好端端地待在館驛，說明對方尚未告發他們。

難道城中還藏著他們的同胞，在默默襄助他們這最後一戰？

哈齊納道：「王子，那些夏人一個比一個陰險，能相信嗎？」

圖爾還在盯著那朵墨筆勾勒、形如鈴鐺的小花。

這是珊依最喜歡的花，他曾將它別在她的髮間。他們稱之為駝鈴花。不知為何，它總能讓他依稀聽見珊依起舞時佩飾的聲響，叮叮噹當，細碎空靈。

她嫁入大夏之時，族中的女人將這朵花繡在她的衣上。

幾個月後，死訊傳入燕國。

夏人稱她意圖行刺，燕王則反罵夏國栽贓無辜，殺害聖女。脆弱的和平只持續了幾個月，戰火重新燃起。

珊依是世上最美好的人。

如果她繼續增長年歲，或許也會沾染凡塵，黯然失色，不再當得起「最美好」這樣的稱號。但她沒有那樣的機會了。

庾晚音道：「所以說，妳到底喜歡端王什麼呢？圖他薄情寡義，還是圖他郎心似鐵？」

謝永兒沒回答。

庾晚音拱她，「說說嘛。」

「妳也知道他薄情寡義。」謝永兒半晌才開口，「我不怎麼漂亮，智商放在這也不夠用，還被他發現是個異類，但他還是接納了我。」

庾晚音：「……」

謝永兒道：「我覺得自己是特殊的那個。可惜，我陷得越深，他卻越是若即若離。他越是若即若離，我就越是不甘心。」

「不甘心？」

謝永兒咬了咬唇，「妳也是穿來的，應該知道，原作裡妳這個角色可是跟他纏纏綿綿，情海恨天的。」

對謝永兒來說，這本原作是《東風夜放花千樹》。

庾晚音：「……」

謝永兒道：「為什麼換作我就不行？」

庾晚音聽得心中有些發涼。

謝永兒的這些小自卑、小糾結，聽起來像是出於自由意志，但其實都被寫在了《穿書之惡魔寵妃》中。

難道……她對端王的癡情，只是人物設定的一部分？

庾晚音不願朝那個方向分析，這種無能為力的宿命感太讓人窒息了。

而且，如果人物設定不可動搖，為什麼身為男主角的端王卻沒有愛上謝永兒？庾晚音更願意相信，所謂自由意志是存在的，只是謝永兒的不夠強。

「其實我覺得妳對夏侯泊有些誤解。」她像誘惑高僧入魔的妖怪般輕吐讒言，「怎麼說呢，他好像沒有那種世俗的欲望。」

謝永兒頓了頓，語氣冷淡了幾分：「他對妳就有。即使我改變了劇情，我還是能感覺出來，他看妳的眼神不一樣。」

「沒有。」庾晚音恨不得搖醒這個戀愛腦，「他對誰都沒有，他是那種一心搞事業的優秀反派！」

謝永兒：？

每一顆棋子都以為自己不在局中。

比如夏侯澹。

太后搬出驗看陵寢這樣的名頭，夏侯澹果然無法推辭。即使知道她擺明了是要調虎離山，他也不能忤逆不孝，拒絕陪同。

消息傳來，他只能吩咐暗衛：「今夜偷偷去接觸使臣，將他們轉移去別處藏身，多輾轉幾個地方，務必甩脫太后的探子。館驛外加派一些護衛，作為障眼法。」

暗衛領命，正要離去，夏侯澹又加了一句：「保護的同時，也看好他們，別讓他們趁機亂跑。」

理論上，他無須特別擔心使臣團的安危，因為這一次端王也理應積極促成和談。太后若是下手，端王不會坐視不管。

但隱隱地，他總覺得哪裡不對。

因為至今沒有收到汪昭的消息。從一開始，他們就對使臣團的來意心存疑慮。

因為端王已經很久沒有動靜了，對他和太后的鬥法隔岸觀火，安靜到了異常的程度。

又或許只是因為，以這世界對他的惡意，和談是不會順風順水的。事出反常必有妖。

夏侯澹道：「庾妃呢？」

宮人道：「還在謝妃處。」

這紅臉還沒唱完？是想唱八十一集嗎？

夏侯澹臉色不善，起身朝謝永兒的住處走去。

與此同時，下棋之人穩坐端王府。

夏侯泊在閉目養神。行棋越到險處，他就越平靜。

探子正在覆命：「圖爾已收到紙條了。」

同時覆命的還有一人，正是剛剛還在太后處獻計的木雲，「太后說明日便上山，讓我負責殺使臣團。」

夏侯泊睜開眼睛，笑道：「都辛苦了。明日就是收網之時。」

日已西斜，端王約見謝永兒的時辰快要到了。

夏侯澹走入房中時，庾晚音與謝永兒的對話已經進入了死衝衝。

夏侯澹沒管她們，走到謝永兒面前，「太后讓我明天一早陪她去邶山。這其中有端王的手筆嗎？」

謝永兒道：「……我不知道。」

夏侯澹道：「他約妳今夜相見，是想說什麼？」

謝永兒道：「我不知道，我真的不知道。」

夏侯澹嗤笑一聲，對庾晚音說：「我就說吧，白費功夫。」

謝永兒像吃了一記悶棍，偏偏無法辯駁。換作她是這兩人，她也不會相信自己。

庾晚音深吸一口氣。

「永兒，有些東西，我本來不想給妳看的。」

她從懷中掏出一本書。

夏侯澹眼角一挑，手抬了一下，下意識想攔住她，但半途又控制住自己。

庾晚音給他一個安撫的眼神，「胥堯，妳記得吧？這是他生前所記，上面都是端王的絕密計畫，妳應該知道這東西我們偽造不來。」

謝永兒臉色變了，「這東西你們是怎麼弄到的？」

庾晚音道：「這話說的，大家都是穿的，瞧不起誰呢？」

謝永兒：「……」

庾晚音遲遲沒拿出這個殺手鐧，原本是在猶豫，因為上面還有最後兩個針對夏侯澹的關鍵行動沒有進行，似乎是想等扳倒了太后再動手的。

而庾晚音一直隱忍不發，正是想將計就計。

一旦讓謝永兒知曉己方擁有這本書，她轉頭就可以告訴端王，這本書也就失去了最後的價值。

但庾晚音剛才聽見夏侯澹要上邶山，眼皮突然跳了起來。雖然說不出所以然，但她有種近乎直覺的緊迫感：今天晚上，他們必須探一探端王的虛實。而為此，她現在就必須說服謝永兒。

庾晚音咬了咬牙，將書遞了過去，「妳自己翻吧。」

端王府。

木雲此時腰挺直了，說話也不結巴了，「殿下，圖爾會相信那張紙條上的內容嗎？」

夏侯泊道：「此時不信也沒關係，明天你去捉他們時，不妨將動靜鬧到最大，由不得他們不信。然後再放個水，讓他們逃脫。到時候……」

木雲道：「到時候，圖爾就該想到，邶山地勢開闊，是他們最好的機會。」

無論是太后還是皇帝，此時都還被蒙在鼓裡，不知道來的是燕國第一高手，衝著的是皇帝的項上人頭。

也就是說，他們都不可能做好相應的防範部署。

若是在宮中，層層禁衛尚可一戰。但上了邶山，荒郊野嶺，侍衛能看守神道，卻看不住四面八方的樹林啊。

圖爾在沙場上是以一敵百的角色，此番又是有備而來，夏侯泊並不懷疑他的實力。

以有心算無心，山上那點人手，他可以全滅。

即使燕國人遇上困難，還有幫手。這一路上，端王的人會為他們保駕護航。

木雲道：「我先去打點一下城門處。還有，咱們是否先派些人去樹林中埋伏著？」

夏侯泊點頭允了，「如此一來，四方人馬也該齊聚了。」

端王黨薅禿了頭想出來的，便是這個計畫。

宮內。

謝永兒翻著翻著，整個人緩緩凝固。

胥堯的書上有不少計畫，看起來相當眼熟，都是出自她的建議。早期劇情線沒有脫離原作，她能預知很多後事，為端王出的點子詳細到了「某月某日去某地偶遇某人」的程度。

但是胥堯記下的這些計畫，沒有一項是與她的建議完全吻合的。

或是日期時辰，或是詳細地點，總有些微小處，刻意地變更了。

謝永兒身在深宮，與端王的聯絡全靠傳信與私會，不可能知曉端王的所有行動。

曾經有那麼一次，她建議端王策反禁軍副統領，引其輕薄統領的小妾。結果卻偷聽到端王與謀士商談，將計畫改為了對馬下藥，為副統領扣上個罪名，再以此要脅他。

當時她心中有些委屈，按捺著沒問夏侯泊，反倒默默說服自己，確實是改善過的計畫更為穩妥。

可是今天一看，絕大多數改動根本與「穩妥」沒有關係。

「他從來就沒接納過妳。」夏侯澹補上了最後一刀，「不僅不接納，而且還防著妳。」

謝永兒面白如紙。

夏侯澹涼涼道：「夏侯泊比妳現實得多。從妳第一次為他做出預言，妳在他眼中就成了一顆尚可一用的定時炸彈。異類就是異類，沒有人會對異類產生情愫的。」

他說到「異類」二字時，咬字分外冷硬。庾晚音聽著有些刺耳，輕輕戳了他一下。

夏侯澹還是說完了：「若是他坐上了皇位，第一個死的就是妳。」

寂靜之中，庾晚音重新提起筆，在她唇上塗了最後一筆，「妝化好了，去見他吧。」

見她久久不說話，庾晚音將鏡子舉到她面前，「看看，還滿意嗎？」

謝永兒魂不守舍地看了一眼，瞳孔一縮。

這妝面絲毫沒有向古人審美妥協，從修容到眼影，氣勢凌厲，現代到讓她幾乎看見了從前的自己。

簡直把「異類」二字寫在了臉上。

庾晚音笑了，「我自個兒早就想化這個妝了，以前怕妳看出來，以後大家坦誠相見，沒什麼需要瞞著了。妳怕他看見這樣的妳嗎？」

端王府。

夏侯泊對木雲道：「這段時間，辛苦你了。」

木雲是端王手下最得力的謀士。他被派去太后黨內當臥底，幾年來行事低調，比當年的魏太傅還會混。但端王心思縝密，見他左右逢源，便存了些審視之意。

為表忠心，他為端王獻過不少妙計，隱隱接替了胥堯的位子。這次的計畫也是他牽頭的。

即使如此，倉促之間畢竟有一些變數。

比如那群燕人會不會依他們的想法行事、夏侯澹或太后會不會提前聽見風聲。

如果這一戰告捷，天下大勢落入端王之手，他就是第一功臣。而一旦出了什麼紕漏……

想到這，木雲的掌心在冒汗，「為保萬無一失，殿下今夜可以再問問謝妃娘娘。」

第十四章　卸下僞裝

謝永兒踏著最後一抹斜暉，孤身走向冷宮。

她一離開，夏侯澹就派了個暗衛過去，「遠遠看著她，別離得太近，引起端王警覺。」

庾晚音望著謝永兒的背影，若有所思道：「也不知道能不能順利。」

謝永兒的反應跟她設想的不太一樣，過於平淡了。庾晚音對這姐妹的內心世界，實在是沒把握。

夏侯澹道：「妳現在不安也晚了，胥堯的書都給她看了。」

庾晚音：「……」

她偷瞄了夏侯澹一眼。

生氣了？

回到自己的寢殿，夏侯澹依舊面色不虞。

庾晚音低頭吃著晚膳，又偷瞄了他五六七八眼。

夏侯澹沉著臉夾了塊魚給她。

氣氛太尷尬了，庾晚音決定打破沉默，「我知道你不相信謝永兒。」

夏侯澹道：「知道就好。」

庾晚音道：「但你不相信她的理由，仔細想想，有點奇怪。這個世界裡除了我們，全都是紙片人，包括那些被勸服的臣子，難道你對他們也不抱希望嗎？」

「他們的設定就是鞠躬盡瘁的好人，謝永兒呢？」

「但胥堯的設定原本是端王黨。夏侯泊的設定原本是對謝永兒神魂顛倒。」

夏侯澹噎了一下，不吭聲了。

庾晚音覺得自己抓住了癥結：「你好像特別歧視紙片人。」

夏侯澹被戳中了某處陳年的隱痛，忍不住嘲諷地笑了一下，「那我們拭目以待吧，看看謝永兒對不對得起妳這一腔真心。」

庾晚音愣了愣，稀奇地看著他。

夏侯澹沒好氣道：「怎麼？」

「我對她有什麼一腔真心？上次我就有點那感覺，不好意思問你……」庾晚音慢吞吞道：「你這是吃醋了嗎？」

她說這個原本只是插科打諢，想哄夏侯澹笑一下。

結果夏侯澹手中伸到一半的筷子突然停住了。

庾晚音：？

夏侯澹略微抬眼看了看她，如她所願地笑了，「是啊。」

庾晚音：「……」

不明白這人的腦迴路。

但老臉有點熱。

冷宮那間破屋裡。

天已經完全黑了，今夜無星無月，此地遠離宮中燈火，幾乎伸手不見五指。

謝永兒的身體還很虛，被夜風一吹，禁不住打了個寒噤。她不敢點燈，摸著黑磕磕絆絆地踏入大門，忽然撞入一個懷抱。

她下意識後退，對方卻解開外衣，將她環抱了進去，「永兒。」

謝永兒抬頭去看，只能看見一個模糊的輪廓。她不知道對方此刻是何表情，只能聽見熟悉的溫和聲音：「妳受苦了。」

謝永兒將臉埋進他的胸口，柔弱地蹭了蹭，「殿下，你可算來看我了。」

黑暗中，夏侯泊在她唇上蜻蜓點水地吻了一下，「身體怎麼樣了，好些了嗎？」

他的聲音一向偏冷，在靜夜中聽來更像擊玉般冰涼。唯有在對她說話時，才會放緩語速，彷彿捧著珍視的寶物，要將僅存的溫度傳遞給她。

謝永兒幾乎是反射性地被勾起了心中所有委屈，「殿下……」

夏侯泊道：「聽說妳滑胎之後，皇帝派人圍在妳的門外，名曰保護，卻禁止出入，可是另有隱情？」

謝永兒剩下的話語戛然而止。

他語聲中的擔心是如此真誠熨帖，放在以前，她定會紅了眼眶。但今天有人逼迫她換了一個視角。這次她終於聽懂了，每一個字裡都是審問之意。

謝永兒以為自己心頭的血液已經冷卻到了極點，原來還可以更冷。

幸好此刻沒有人能看清她的表情。

謝永兒緩緩道：「我聲稱沒有懷孕，皇帝卻起了疑心，算了算日子，懷疑孩子不是他的。但那胎兒被我拚死找機會埋了，皇帝沒能找到證據，又怕此事傳出去丟臉，只能將我困在房中看守著。」

夏侯泊冷笑了一聲：「還是那麼無能。」

他又關切地問：「可若是這樣，妳今日是怎麼出來見我的？」

謝永兒：「……」

一瞬間，只是一瞬間。

她知道這一瞬間的停頓已經出賣了自己，即使立即奉上完美的解釋，夏侯泊也不會再信。

一瞬間的猶豫後，她顫抖著道：「是皇帝逼我來的。」

用過晚膳，夏侯澹照例送庾晚音回她的住處。

烏雲遮月，迴廊上掛著的一排六角宮燈在冷風裡飄搖不定，拽著他們的影子短了又長。

夏侯澹朝冷宮的方向望了一眼，自然是什麼也望不見，「也不知道那邊怎麼樣了。」

庾晚音沒搭腔。

她面上仍舊有些發燙，經風一吹才消退了些。

她暫時把所有危機拋到一旁，耳邊一遍遍地迴盪著剛才的對話。

她問：「你這是吃醋了嗎？」

夏侯澹回：「是啊。」

幾個意思？為什麼要吃謝永兒的醋？

庾晚音心裡悸動了一下。剛跟一個戀愛腦的謝永兒聊了一整天的兒女情長，她似乎也被洗腦了，明知時機不對，卻還是忍不住半真半假地追問了一句：「因為我幫她梳頭化妝啊？明天也幫你……」

夏侯澹道：「不是。」

庾晚音心跳得更快了。

結果，夏侯澹這兩個字說得如此坦蕩、如此理直氣壯，說完就一臉淡然地繼續吃飯，彷彿這個話題已經圓滿結束了。

以至於庾晚音凝固在原地，愣是問不下去了。

幾個意思啊？

這算什麼呢？是承認了嗎？是捅破了那層窗戶紙嗎？

從她察覺他待自己的心思，已經過去了八百年。只是他似乎真的對身體接觸有什麼不可言說的陰影，她只能耐住性子，等他自行捅破那層紙。

結果他老人家真就不急不躁，似有還無，竟讓她開始懷疑自己是不是自作多情了。

又是一陣冷風，迴廊燈影一陣凌亂晃動，挑燈走在他們身前的兩個引路宮女驚呼一聲——她們手中的宮燈被吹滅了。

光影交疊，庾晚音一時看不清腳下的路，步履慢了下來。

肩上忽然一暖。

夏侯澹解了外袍披到她肩上，「穿這麼少，小心感冒。」

庾晚音靜了靜，轉頭看去。夏侯澹的面容在一片暗淡昏黃中模糊不清，只有眼神是清晰的，安定地回望著她。

前面那兩個宮女還在一邊告罪，一邊手忙腳亂地打火點燈。

庾晚音用她們聽不見的音量說：「你這可是龍袍。傳出去我又成禍國妖妃了。」

夏侯澹被逗笑了，「妳不是嗎？」

庾晚音：「……」

庾晚音甚至有一絲火氣了。

這若即若離的是在玩姐姐我嗎？

夏侯澹，你是不是真的不行？

忍不下去了。

她衝動地朝他那兩瓣薄唇靠過去，想當場坐實妖妃之名。

宮燈重新亮起。

夏侯澹轉頭看了看，道：「走吧。」

餘下的路途，庾晚音都沒說話，低頭藏著表情，所以也沒發現夏侯澹不知不覺落後了半步，目光始終落在她的背影上。

再給她一千個戀愛腦，她也猜不到此時夏侯澹在想什麼。

他正在反思，不該說那些的。

不該靠近她，不該用一張偽裝出的「同類」的皮囊，騙取她的親近與善意。

他能瞞她多久呢？等到真相大白的那一天，此時此刻浮動著的溫暖情愫，會出現在她的噩夢裡嗎？

可是明知道不應該，他卻還是放任了自己。

這股衝動是從何而來的呢？是因為冥冥中他已經知道，明天之後就未必再有機會了嗎？

冷宮。

黑暗中的對話已經進行到尾聲。

一陣大風吹開了厚重的雲絮，月光傾瀉而下，無量慈悲，對冷宮的破屋爛瓦也均等布施。

謝永兒的髮絲間折出朦朧的螢光。

夏侯泊忽然笑道：「永兒今天似乎格外漂亮。」

謝永兒的妝容經過月光一洗，並不顯得特別突兀，但仍能看出不是普通的宮妝。

謝永兒轉眸望著他，「我現在還有些病容，不想被你看見難看的樣子，所以多抹了些脂粉。殿下喜歡嗎？」

夏侯泊道：「喜歡。與眾不同，正如妳一般。」

謝永兒：「……」

視角一旦切換過來，她才發現端王哄人的話術其實並不如何高明，甚至透著濃濃的敷衍。

謝永兒的眼睛已經完全適應了黑暗，也看清了夏侯泊的表情。無瑕的微笑，專注的目光，可那雙眼中並沒有她的倒影。

說來奇怪，最初讓她沉迷的，就是那雙倒映不出自己的眼睛。他的目光彷彿一直看著很遠的地方，從不落在任何凡人身上。只是那時她篤信那些「凡人」中並不包括自己。

如果庾晚音在這裡，大概會說他整個人站成了一張「沒有那種世俗的欲望」的圖吧。

謝永兒突然覺得有些好笑。

如果庾晚音是跟她一樣的人，或許她也不會顯得如此可悲吧？

夏侯泊道：「怎麼？」

謝永兒搖搖頭，「那就按照殿下說的，我回去之後便遞話給皇帝。」

「嗯。」夏侯泊摸了摸她的頭，「辛苦妳了。」

夏侯澹將庾晚音送到寢殿門口，兢兢業業地演繹追妻火葬場，「朕走了，好好休息。」

他沒能走成。

庾晚音牽住他的衣角，也不知幾分是演戲給宮人看，幾分是真心誠意，神情彆扭中透著羞赧，「陛下，今夜留下吧。」

她左右看看，湊到他耳邊，軟軟的氣息吹進他的耳朵，「別走了，我給你看個東西。」

夏侯澹：「……」

別玩我了，這是報應嗎？

庾晚音確實有點報復的意思，故意牽住他的手不放，一路將他引進室內，關上臥房的門，遣散了宮人，還意味深長道：「好美的月色。」

夏侯澹道：「……是啊。」

突然出現在他們身後的北舟道：「是挺美的。」

夏侯澹：？

庾晚音笑道：「北叔，給他看東西。」

夏侯澹：？？？

翌日清晨，庾晚音比平時醒得更早一些。

窗外依舊是陰天，沉悶的空氣似乎醞釀著一場大雨。她下意識轉頭一看，發現枕畔無人，驚得一坐而起。

「我在這，」夏侯澹坐在床沿看著她，「還沒走。」

庾晚音鬆了口氣，「怎麼不叫醒我？」

夏侯澹沒有回答，順手遞給她一張紙條，「謝永兒早上遞進來的。」

庾晚音展開一看，寥寥幾個字：「諸事如常，端王主和。」

她皺起眉，「好敷衍的答案。」

「還打算相信她嗎？」夏侯澹問。

「……不好說。如果端王真的沒有陰謀，當然是最好……」庾晚音望著他戴上旒冕，一個沒忍住，「要不然我還是跟你一起上山吧。像之前那樣，扮成侍衛，行嗎？」

夏侯澹笑了，「不行。妳留著，萬一有個突發情況，至少……」他頓了頓，「至少妳還可以隨機應變，策應一下。」

但庾晚音聽懂了他咽回去的後半句，大概是「至少妳不會有危險」。

她跳下床，「我跟你一起去。不要勸了，我不聽。」

「晚音。」

「不聽。」

夏侯澹又笑，「現在太后和端王的小動作都是未知數，妳怎麼知道突發情況會是在山上還是山下？我們都去了陵寢，萬一城中出事呢？」

她確實否認不了這個萬一。

夏侯澹道：「我這邊有北叔這個不為人知的底牌，暗衛這段時間被北叔特訓，身手也提高不少，不用太擔心。倒是妳，要是遇上事，記住保護自己才是第一位。」

庾晚音不吭聲。

「晚音。」夏侯澹又喚了一聲。

庾晚音心煩意亂，也不知在生誰的氣，「走吧走吧，早去早回。」

床邊靜默的時間略有些長。她疑惑地抬頭。

夏侯澹道：「回來之後，有點事要告訴妳。」

庾晚音：「……」

庾晚音道：「呸呸呸呸呸！你亂插什麼旗？快收回！」

「不收。」夏侯澹起身，「走了。」

「收啊！」

皇帝與太后的車駕浩浩蕩蕩地啟程，驊騮開道，緩緩朝著邶山行去。

一個時辰後，木雲收到消息：「他們全部出城了。」

木雲道：「那咱們也開始吧。」

太后留下的口諭是：低調行事，找出使臣團，編個罪名逮入獄中再動手。

木雲顯然不會遵從這個旨意。

車駕剛離去，城中巷陌就亂了套。大批人馬先是直撲館驛，撲了個空，緊接著便兵分數路，滿城亂竄，挨家搜查。彷彿生怕不能打草驚蛇。

就連圖爾一行人藏身的別院裡，都能聽見外頭的嘈雜聲。

嘈雜聲越來越近。室內，使臣團圍坐在一張桌旁，哈齊納側耳聽了片刻，用眼神詢問圖爾。

圖爾比了個少安毋躁的手勢。

院子裡站著一批保護他們的侍衛。昨天深夜，正是這些人從館驛裡帶走他們。從侍衛凝重的眼神中，圖爾推斷那張詭異的紙條所寫內容，至少有一部分是真的：確實有人要殺他們。

是誰呢？太后嗎？

圖爾不甚在意這個。他更在意的是，紙條上的另一句話，也是真的嗎？

這時，院中的侍衛走了進來，低聲說：「還請諸位跟著我們，從後門暫避。」

看來搜查的人要闖進來了。圖爾沉默著起身，配合地跟隨著侍衛溜出後門，走進一條窄巷中。

侍衛悶頭帶路，似乎要引他們去另一個藏身點。圖爾忽然開口了：「這位大哥，可否派個人去邶山通知皇帝陛下，讓他來保護我們？」

侍衛隨口回道：「陛下已然知情……」話音未落，陡然察覺不對——這群燕人一直沒離開過監視，也不會有人將天家的行蹤洩露給他們，他們怎麼會知道皇帝去了邶山？

侍衛的反應不可謂不快，轉身的同時，手已經握住了刀柄。

可惜他永遠沒有機會出刀了。

未及回身，一雙大手握住他的腦袋，運力一扭，他依稀聽見一聲不祥的悶響，就覺得頭顱忽然被轉到了背後。

那雙眼中最後映出的，是一張陰鷙的臉龐。

圖爾驟然發難，手下迅速跟上。那群侍衛剛反應過來，一把毒粉已經兜頭撒來。

無聲無息，後巷中倒了一片侍衛屍體。

圖爾用燕語指示：「換上他們的衣服，取走他們的武器和權杖。」

哈齊納問：「王子，接下來怎麼辦？」

圖爾道：「出城，上邶山。」

珊依死後，他發誓要讓夏國人血債血償。他身先士卒，衝鋒陷陣，功績越來越高，聲望越來越盛，燕國人視他為天之神子。

燕王對他露出的笑容日漸虛偽，圖爾不是不知道，只是不在乎。從叔叔送走珊依的那一天起，他們之間就沒有情分可言了。

最終，連表面上的合作都走到了盡頭。

燕王早已不再親自出征。他每日躲在新建的宮殿裡，與羌國的女王卿卿我我，一副老房子著火、終於遇上了真愛的樣子。都說羌國人善毒，圖爾懷疑那女人有什麼古怪方子讓他枯木逢春。

後來那個名叫汪昭的夏國人跑來講和。燕王動了心，圖爾卻堅決反對，他的部下群情鼎沸。眼見著已經有人嚷嚷擁圖爾上位，燕王坐不住了。

圖爾至今也不知道自己是怎麼中毒的。他只知道自己一頭栽倒在營帳中，再次醒來時已經被拴上鐵鍊，囚禁在家裡。

羌國的女王來探望過他一次。紅衣紅唇、風情萬種的女人朝他微笑，「比起你叔叔，我當然更願意選擇你。我給過你機會，你拒絕了。」

圖爾問：「妳什麼時候與我說過話？」

「初見的酒宴上，我一直對你笑呢。」她的笑容漸漸冷了下去，「沒注意到嗎？」

圖爾莫名其妙地看著她，「我為什麼要注意妳？妳以為自己很美？」

望著她甩袖離去的背影，他生出一絲廉價的快意。

女王離開後，地上遺落一個香囊。

他打開一看，裡面是數枚藥丸，顏色不一。他不小心聞了一下，只覺一陣暈眩，丟開香囊調息許久才平復過來。

是毒，五花八門的毒。

那個香囊，她始終沒有回頭來尋。

他的心腹哈齊納冒死混了進來，帶來的全是壞消息：在他昏迷期間，兵權旁落，大勢已去，曾經的手下也被燕王以各種理由辦了，而且，燕王派出的使臣團即將啟程前往夏國和談。

就在這時，圖爾意識到這是自己最後的機會。

如果把握住了，他不費一兵一卒便可長驅直入，直奔大夏都城，手刃那皇帝，順帶還可以毀了燕王的如意算盤，讓他在戰火中「安」度晚年。

自然，他自己也不可能活著逃回來。

但他並沒有想逃。

圖爾晃了晃那個香囊，「我們把使臣團截殺了吧。」

宮中。

皇帝走了，太后也走了，一群妃嬪如同放了大假，趁著天還未落雨，紛紛走出門，散步聊天，不亦樂乎。

只有庾晚音關起門來獨自轉圈。

她的眼皮一直在跳，胸膛中也在擂鼓。但無論怎樣用邏輯推斷，端王都沒有理由攪黃這次和談。

直覺告訴她漏掉了什麼關鍵資訊，就像拼圖缺失了最關鍵的一塊。

夏侯澹留了幾個暗衛保護她。此時見她如此，暗衛勸道：「娘娘別太擔憂了，陛下說了若有急事，由娘娘決斷，會有人來通報的。」

庾晚音充耳不聞，又轉了兩圈，突然道：「我出門去散個步。」

暗衛：？

庾晚音剛走到御花園，迎面就遇上了謝永兒。

謝永兒今天居然也化著現代妝容，瞧著高貴冷豔，目下無塵。兩人一打照面，謝永兒冷著臉瞥了她一眼，輕哼一聲，與她擦肩而過。

庾晚音沒有叫住她，也沒有回頭。

等到各自走遠，庾晚音繞回自家，一進大門就狂奔回床邊，拈起夏侯澹早上遞來的那張紙條，又仔仔細細看了一遍。

依舊是白紙黑字，沒有別的花樣。

庾晚音不死心，點起燈燭，將紙條湊到火上燻烤。

她忘了，她竟然忘了——原作裡的謝永兒就用過這一招。

隨著火燭跳躍，更多的字跡從空白處慢慢顯形。與那幾個大字不同，這些字擠在一處寫得密密麻麻：「端王的人在監視我。他說皇帝不會活著下邶山。」

昨夜。

謝永兒道：「是皇帝逼我來的。殿下約我相見的紙條被他截獲了，他暴跳如雷，說要將我活活溺死。可他又畏懼殿下，所以讓我來照常赴約，再回去告訴他，你是不是有什麼陰謀。」

夏侯泊道：「陰謀？」

謝永兒道：「他說他夢見了不好的事情，卻不確定那是噩夢還是什麼徵兆。似乎是與使臣團有關，但他沒有明說……」

夏侯泊想起來了，庾晚音之前說過夏侯澹也開了天眼，但是沒有那麼好用，只能看見遙遠的未來。

若是好用，他也不至於被太后死死壓制到現在。

至於為什麼突然夢見了不好的事……難道是預知死期了？夏侯泊充滿興味地想。

當然，也有可能全部是謊言。但謝永兒畢竟剛為他失去一個孩子。

諷刺的是，她一直以來癡情的姿態沒能換取他的垂憐，卻換取了他有限的信任。

謝永兒泫然泣下道：「殿下，帶我走吧，我一定會被他殺了的！」

「我會帶妳走的，但不是現在。」夏侯泊哄道：「永兒，就當為了我，妳得回去告訴他一切如常。」

「可是，我說完之後，就沒有活著的價值了，他……」

「放心吧，他明天會去邶山，然後就不會再下來了。說到這個，永兒也幫我出出主意？」

燭火上方，又一行字跡浮現：「燕人行刺。」

拼圖補上了最後一塊。

庾晚音面無表情，手指停止顫抖。她穩穩拈著紙條湊近燭火，將它燒成青灰。

恰在此時，暗衛衝了進來，「城中傳信，燕國人殺了護衛，不知所終。」

庾晚音並不驚訝，起身輪番打量那幾個暗衛，只覺得腦子從未轉得如此快過，「你們調得動禁軍嗎？」

暗衛面面相覷，「沒有陛下信物，禁軍恐怕不會買帳。」

庾晚音道：「我猜也是。禁軍被端王買通了，貿然去通報，反而會驚動他……」她閉了閉眼，「都換上便服，我易個容，我們出城。」

暗衛驚道：「娘娘！」

庾晚音簡略道：「燕人是去行刺的，端王的人在暗中相助。」她已經衝向妝奩了，「還傻站著幹什麼，換衣服啊！」

暗衛也慌了，「屬下奉陛下之命保護娘娘，陛下說若有危險，決不能讓娘娘上山，否則讓我們拿命相抵。況且娘娘不會武功，就算上了山……」

庾晚音什麼也沒說，從袖中抽出一物，指向一旁的木桌。

在他們頭頂上方的高空，鉛灰色的雲層中，落下了第一滴雨水。一線銀光墜向一無所覺的大地，「砰」的一聲巨響，在深宮中炸開。

秋季裡不常見的悶雷一陣陣傳來。

哈齊納擠在出城的人流中，額上忽然一涼，一滴秋雨濺開。

走在他前面的婦女抬頭看了天一眼，撐起一把傘。

圖爾一行穿著從大內侍衛身上扒下來的衣服，男人尚能湊合，女人卻明顯穿得不太合身。但倉促之下，也只能如此，至少好過他們原本的裘衣和畫裙。所幸因為這身制服，沿途的百姓也不敢多朝他們看。

眼見著隊伍越來越短，即將走出城門，守城的侍衛朝他們望了過來。

圖爾已經扯掉那把假鬍子，但身高無法作偽，通身的煞氣也不能完全收住，站在他面前如同山嶽壓頂。

守衛：「……」

圖爾低頭對他晃了晃權杖，冷冷道：「有要務在身。」

守衛的目光掠過他身後的眾人。

哈齊納等人半低著頭，默默攥緊了武器。

卻不料守衛只是掃了一眼，便行禮道：「請。」

眾人屏著一口氣，仍不敢放鬆，規行矩步地出了城門，錯過了守衛目送他們的眼神。

等他們走遠，守衛轉身便去求見禁軍統領，「大人，那些人已經放出城了。」

趙統領深吸一口氣，「你說什麼人？」

守衛不解道：「大人？」

趙統領的鼻尖滲出些冷汗，「我可不曾吩咐過你。今天什麼事也沒發生，聽見沒？」

守衛一凜，忙道：「是。」

這個趙統領大名趙五成，正是當初被端王「扶正」的那個趙副統領。端王抓住他的把柄，逼著他與自己合作，之後設計暗殺統領，由他取而代之。他借著職務之便，常為端王搞點小動作。

趙五成本質是個草包，平生從未真正打過一場仗，見風使舵、渾水摸魚倒是一把好手。也正因此，禁軍在他手下一天比一天懶散，內部早已被蛀空了。

端王在醞釀些什麼，他心裡多少清楚，卻不敢點破。睜一隻眼閉一隻眼，讓心腹放幾個人出城，便是他能做到的極限了。如果端王逼得再狠些，拉他共謀大計，即使他迫於淫威答應了，也使喚不動手下的禁軍。

趙五成回身點了一炷香，暗自祈願端王不要失手，即使失手了，也別把自己牽扯進去。

他的算盤倒是打得很好，邶山之事，成則皆大歡喜，敗則明哲保身。

趙五成找來幾個心腹，「看緊風向，隨時通報。」

心腹道：「通報什麼？」

趙五成怒道：「……有什麼風吹草動，都得通報！」

他得及時決定，自己是要救駕，還是救駕來遲。

雷聲滾滾，頭頂的雨點由小漸大，越來越密集。

楊鐸捷坐在轎中搖搖晃晃。轎子是人抬的，沿著神道拾級而上，一路登上邶山。

這原本只是座荒山，如今山上立了座享殿，又圍著享殿建了齋戒駐蹕用的下宮。本是氣象巍峨的建築，然而被冷雨一澆，掩映在森森林木間，倒透出幾分鬼氣來。

楊鐸捷被晃得頭暈，東倒西歪地下了轎。雖有侍從站在一旁為他撐傘遮雨，但雨腳亂飄，還是很快濺濕了鞋襪。

楊鐸捷打了個寒噤，狼狽不堪地抬頭望去。前面那兩位不愧是天家，走在這樣的雨中，愣是步履端莊，神色從容。

太后眼皮都不眨地道：「果然是好地方。」

夏侯澹面不改色，「母后喜歡就好。」

負責督建的官員在一旁點頭哈腰：「好雨知時節，正是聖人的恩澤到了。」

楊鐸捷：？

太后心裡早已罵了無數句晦氣，然而此時說什麼也要把夏侯澹留在城外，硬著頭皮道：「那就陪母后走走，也讓欽天監的人看看風水。」

天家認證算命先生楊鐸捷：「……」

他被打發過來時，上司是這麼解釋的：「千秋宴籌備得好，陛下和太后都很滿意，你能說會道，又通五行八卦，以後這種場合交給你最是合適不過。」

翻譯過來就是：決定以後都讓你負責唬爛。

楊鐸捷心裡很是崩潰。

他很想問問夏侯澹還記不記得當初在畫舫上畫的大餅，百姓的希望、大夏的脊梁。

幹完這票就辭官回老家吧，他想。

楊鐸捷強顏歡笑湊上前去應付太后：「微臣見此處依山傍水，氣貫隆盛……」

他說著瞥了夏侯澹一眼，意外地發現皇帝也正垂眸望著他，表情漠然，眼神卻似有思慮。

楊鐸捷口中的話語停頓一下，下意識反思自己哪裡說得不對，夏侯澹卻已經移開了目光。

一行人繞著陵園走了一圈，夏侯澹不覺間與太后拉開了幾步距離。嬤嬤裝束的北舟為他撐著傘，伸出手攙住他問：「還好嗎？」

夏侯澹頭疼得厲害，每動一下都覺得神經在痙攣，連嘴都不想張開，只「嗯」了一聲。

北舟從傘底瞥了四周的樹林一眼，「林中有人藏著，我們上山時就在了。」

那麼，這陰謀就是在山上了。

夏侯澹居然心下略鬆。

北舟一語道破他心中所想：「還好沒讓晚音跟來。東西帶在袖中了？」

「澹兒，」太后不知道他在與人嘀咕什麼，生怕他起疑離去，主動朝他靠近道：「外面冷，進享殿看看吧。」

夏侯澹畏寒似的袖起手來，輕聲道：「母后請。」

然而恢宏的享殿內也泛著一股冷冷的潮氣。

風雨如晦，宮人點起燈燭也照不亮昏暗的大殿。太后一進門就吩咐侍衛四散去享殿周圍。她帶來的人比夏侯澹的侍衛走得更遠些，名曰巡邏，其實是為了攔下有可能從城裡傳上來的急報。

太后心裡有鬼，邊走邊對夏侯澹示好：「陵寢修得確實氣派，皇兒有心了。」

夏侯澹忍著頭痛陪她演，「兒臣應做的。」

太后對他笑了笑，似有感慨：「皇兒近來學會自己拿主意了，是好事。母后年紀大了，也該享享清福了。」

這話連楊鐸捷聽了都腹誹：可以了，再演就過了。

夏侯澹惜字如金：「母后春秋鼎盛。」

但太后顯然對夏侯澹的智商有成見，慈愛道：「昨兒太子還對哀家提起你，說很是想念父皇。」

夏侯澹忍無可忍地閉了閉眼，眉間有黑氣躥起。

太后道：「你閒來無事，可以考考他的功課，多與他說話——」

「母后，」夏侯澹在這一剎那放棄了所有偽裝，輕柔地說：「母后這些年不敢放太子出來，今日忽然說這話，是覺得他現在死不了了嗎？」

太后噎住了，她不可思議地看著他，心想的是：這人終於澈底瘋了？

殿中一片死寂。

四周的官員、宮人、侍衛努力將自己縮小，恨不得當場縮成個球原地滾遠。

楊鐸捷：「……」

他剛才是不是聽見什麼活人不能聽的內容？

太后終於反應過來，柳眉一豎，「這話是何意？」

夏侯澹的眼前閃過一些凌亂的畫面。一群宮人，有男有女，像替牲口配種的農戶般圍著他。為首的大宮女將一枚藥丸捧到他面前，見他不動，道了聲失禮，便直接塞進他口中……

越是頭痛欲裂，他面上越是不顯，甚至還對她溫柔地笑了笑，「母后該不會以為我會對他生出什麼父子之情吧？」

四目相對的一瞬間，太后脖頸後的汗毛忽然豎了起來，彷彿聽見一條毒蛇「嘶嘶」地吐出了信子。

楊鐸捷：「……」

他開始思考自己今天還能不能活著下山。他們該不會把所有人滅口吧？

夏侯澹偏要在此時點他：「欽天監那個。」

楊鐸捷無聲地打了個寒戰，「臣在。」

夏侯澹隨口道：「附近的下宮、神道、碑亭，都去勘查一下風水。瞧仔細些，不可有任何紕漏。」

楊鐸捷一愣，雖然不明所以，腳下卻動得飛快，彷彿生怕皇帝改變主意，逃也似的告退了。

他一頭鑽進雨簾中，直奔最遠的偏殿而去。只要沒人找他，他能勘查到明年。

第十五章　燕人行刺

林中。

正在巡邏的侍衛忽然聽見林木深處傳來一聲異響，混在雨聲中並不分明，似是樹枝折斷的聲音。

他走去探看，沒瞧見人影，心想著可能是聽錯了，正要回身，眼角餘光猛然瞥見泥濘的土地上，一排深深的腳印。

侍衛張口便要預警，那一聲呼喊卻被永遠掐斷了。

圖爾將他的屍身拖到樹後藏起，抬頭看了不遠處的殿宇一眼，比了個無聲的手勢。

殿內。

太后仍死死盯著夏侯澹，彷彿聽見了什麼大逆不道的話，正等著他謝罪。

夏侯澹的確是不想演了。

雖然不知道她費盡心機將自己弄到這裡，即將亮出什麼招來，但走到這一步，已經沒有必要虛與委蛇了。

此刻庾晚音不在身邊，他連最後一層偽裝都不必披了，似笑非笑地瞥了太后一眼，「還不開始嗎？」

太后道：「……什麼？」

話音剛落，一道閃電劃破天幕，昏暗的室內霎時間明光爍亮。就在這一閃之間，四面的窗扇同時破碎！十數道黑影一躍而入，如鬼影般撲向他們！

太后肝膽俱裂，尖叫一聲：「護……護駕！」

殿中的侍衛匆忙奔去，卻連來人的動作都未及看清，就見一把粉末兜頭撒來。

跑在最前面的侍衛倒地之前還在勉力招架，被來人三兩下結果了性命。

十人。

延遲的雷聲如在耳邊炸開。

夏侯澹的暗衛們慌忙現出身形迎敵，沒想到對方武功奇高，而且路數詭譎，竟然一上來就打潰了他們的陣形。

十四人。

又一道閃電。乍明乍暗，餘下眾人視野昏花一片，已經來不及思量對敵之策，只是憑著本能縮小圈子，以肉身為牆擋在皇帝面前，要拖住他們一時半刻。

「陛下快逃——」

太后早已癱坐在地。

二十人。

第二道雷聲傳來時，地上已經倒了二十具屍體，其中只有兩個是來敵。

此時夏侯澹終於看清了這群人的面容。並不陌生，千秋宴上還見過。

燕國人。

圖爾衝在最前面，抓著一把從侍衛身上扒下來的刀，舞得大開大合、虎虎生風。天生巨力如洪流澎湃，灌注周身，普通的長刀愣是被他使出了風雷奔騰之象。

刀光如電，將又一名暗衛齊腰砍斷，下一秒已經指向了堂上的天子，那沙場征伐的氣勢，彷彿這一刀劈下，能葬送千軍萬馬——

然後被一把短劍架住了。

握劍的手腕上還戴著鐲子。

圖爾驚愕地抬頭一看，是個濃妝豔抹的嬤嬤。

在他的注視下，那嬤嬤渾身的骨骼傳出「喀啦啦」一陣悶響，整個人的身形驀然拔高，現出了男人的體貌。趁他一時震驚，那男人一記鐵掌裹挾著勁風，結結實實拍中他胸口，圖爾踉蹌退出兩步，吐出一口血來！

圖爾道：「你是什麼怪物？」

北舟道：「你老母。」

圖爾：？？？

北舟也在暗暗心驚。劍短刀長，方才他強行一架，已經受了內傷，出掌的那隻手也在隱隱作痛。這人身上的肉怎麼長的，莫非是鋼筋鐵骨不成？

北舟面色凜然，緩緩道：「看這身手，你是那什麼燕國第一高手圖爾吧？」

圖爾道：「不錯。你又是什麼來頭？」

北舟瞥了滿地的死傷一眼，跨前一步，從地上撿起一把長劍，抖落刃上血水，淡然道：「我是大夏宮中一個普通的端水嬤嬤。」

圖爾：「……」

圖爾後知後覺被人諷刺了，不怒反笑，「你們夏人只會耍嘴皮子嗎？來打啊！」

他拉開架勢，持刀又上，北舟毫無怯意，正要迎敵——

突然聽見身後某處傳來幾不可聞的「哢嗒」一聲。

電光石火之間，北舟動了。

不是迎著圖爾，而是抽身撤向一旁。

下一秒，彷彿一道天雷直直落在享殿中央，轟然炸開。

昨夜。

庾晚音笑道：「北叔，給他看東西。」

北舟笑咪咪地將藏在身後的兩隻手舉了起來。

夏侯澹：「……」

夏侯澹一臉空白地看向庾晚音，「妳在逗我？」

北舟道：「咦，澹兒你怎麼一副已經看出這是什麼東西的樣子？這可是晚音當初提的點子，不用內力，而是用火藥催動機關，發出暗器。叔研究了無數個夜晚才做出來的，古往今來唯一一對……」

夏侯澹道：「槍。」

北舟道：「你這眼神不好，這怎會是槍？我取了個名字，叫九天玄火連發袖中弩。」

夏侯澹：「……」

夏侯澹道：「叔你開心就好。」

北舟道：「來，一人一個拿好，關鍵時候保命。不過你們未經練習，恐怕會欠些準頭，輕易不要亂用。我？我不需要這玩意也能防身。」

殿中一時陷入了死寂。

就連乘勝追擊的燕國人都不禁動作一滯，目瞪口呆地看向大殿中央。

木柱上憑空冒出一個巨大的窟窿，燒焦的味道伴著青煙飄了出來。

夏侯澹不知為何踉蹌後退了半步才站穩，手中舉著一個前所未見的古怪玩意，一頭正對著圖爾。

誰也沒看清他剛才是怎麼出手的，但那巨大的聲勢、恐怖的殺傷力，已經顛覆了眾人的認知。

他應當是打偏了，剛才那一下如果打中圖爾……

圖爾仰頭大笑。

「好！」他眼中泛著血光，「今天就看看是你死還是我亡！」

話音剛落，他卻沒有衝向夏侯澹，而是縱身撲向北舟。

北舟眉頭一擰，想與他拉開間距，方便夏侯澹下手。圖爾卻直覺驚人，一下子領悟了其中關竅，抓著北舟與之纏鬥，口中還提聲喝道：「都這麼做，他沒有準頭！」

他的手下恍然大悟，如法炮製，抓著剩餘的侍衛近身打鬥，更有甚者，直接扛起侍衛的屍首當作掩護，一步步朝著夏侯澹逼近。

北舟被圖爾窮追不捨逼至牆邊，面如霜寒，「你是不是太小瞧我了？」

他腳下一錯，猛地運氣周身，長髮飛揚，劍光如虹。

圖爾側身避過，北舟這一劍卻勢頭不減，破開窗扇，整個人順勢衝了出去。

圖爾一愣，緊跟著了悟，卻已經來不及了。

身後又是一聲炸響，他的肩上一陣劇痛！

圖爾大喝一聲，跟著北舟破窗而出，右肩血流如注，焦糊味混著血味，令人作嘔。

他就地一滾，遠離了窗口，在大雨中站起身，試了兩次都無法再抬起右臂，惡狼般的眼神射向北舟，恨不得生啖其肉。

北舟卻「嘖」了一聲，遺憾道：「準頭確實不行。」

圖爾將刀換到左手，「再來！」

殿內，侍衛已經死得七零八落，餘下四五人苦苦支撐。

太后癱坐了半天，發現來人似乎對自己的性命並無興趣，便縮著腦袋朝後門爬去，想要趁亂逃脫。

夏侯澹放槍殺了四個燕人，剩下的不好瞄準，反而失手打傷了一個暗衛。

不過有槍在手，倒讓這群燕人也不敢輕易靠近。

還剩幾發彈藥？三發？四發？記不清了。

他深吸一口氣，重新舉起槍，忽聽暗衛驚呼道：「陛下，身後！」

夏侯澹猛地回身，只來得及避過要害。

偷襲他的哈齊納一劍刺入他的右胸。

或許是因為對疼痛已經習以為常，夏侯澹先是感覺到一陣刺骨涼意，接著才遲鈍地覺出痛來。

他機械地抬手，扣動扳機。

哈齊納倒下了。

夏侯澹跪倒在地，拿不准要不要拔出胸口的劍。傷口有些發麻，也許淬了毒。想到此處，他還是咬牙拔了劍，血液汩汩冒了出來。

殿門外，早有侍衛見勢不妙，衝入雨簾中，打算跑下山去找禁軍增援。

還沒跑出多遠，頭頂忽有破空之聲。他沒來得及抬頭，便被一箭穿心。

林中傳出一聲驚呼，緊接著是重物墜地聲。

如此反覆幾次，北舟注意到了，一邊應付圖爾，一邊提氣從視窗喝道：「林中有埋伏，不讓我們下山！」

已經快要爬到門口的太后一個激靈，回頭去看夏侯澹。跪在地上的夏侯澹也正抬頭望向她。

視線撞上，他毫不猶豫地將黑洞洞的槍口對準了她。

太后眼前發黑，下意識慘叫一聲。

夏侯澹卻將槍口下移，「砰」的一聲打中她的腿。

太后又是一聲撕心裂肺的慘叫：「夏侯澹，你這個死——」

夏侯澹道：「母后這是打算與我同歸於盡嗎？」

「什麼……」太后腦中一片混沌，痛得涕泗橫流，「林中不是我的人！我的人在城裡——」

方才的一切發生得太快，夏侯澹來不及梳理思緒，這時聽太后一嚎，他倒是想明白了。

端王。

太后還在哭號：「真的不是我，你放我走啊……」

夏侯澹笑了，「母后，想不到你我母子一場，今日竟會一起交待於此。但不幸中的萬幸是，妳的陵寢可以派上用場了。」

他說完笑得更真心了點，似乎被自己逗樂了。

太后的冷汗和鼻涕一起往下淌，「你……你是個瘋子……」

夏侯澹卻搖搖頭，「可惜，我還不能死。」

還剩幾發彈藥？兩發？一發？

他支起身，又結果一個衝上來的燕人。

「還有人在等我回去呢。」

楊鐸捷出了下宮一座偏殿的門，又朝下一座走去。

從剛才開始，外頭雷聲不斷，一陣陣由遠及近，彷彿九天之上有什麼龐然大物正一步步地踏來，要以電為刃，劈碎這座邶山。

楊鐸捷心頭不知為何突突直跳，他縮緊了脖子。

又是一聲炸雷，身旁的宮人驚得傘柄一偏，澆了楊鐸捷半身的雨。

楊鐸捷正要悶頭走進室內，腳步忽然一頓，偏頭望向享殿的方向。

剛才那最後一聲……是雷聲嗎？

邶山上的林木在晦暗不明的天色下簌簌顫抖。遠處天際如同一團濃墨洇開，層層疊疊的雲山傾倒，化為洪荒倒灌而下。

突然之間，眼角餘光裡閃過一道黑影！

楊鐸捷定睛望去。不是錯覺，真的有人在朝山下狂奔而去，是大內侍衛。

侍衛竟然棄皇帝於不顧？是倉皇逃命，還是去搬救兵？

享殿裡出大事了。

楊鐸捷內心掙扎了一下，最終責任心戰勝了求生欲。一日為臣，就得盡臣子的本分。

他從嚇得腿軟的宮人手中奪過雨傘，朝著享殿疾步走去。

迎面又是兩人奔來，看裝束是夏侯澹的暗衛，「楊大人且慢！」

楊鐸捷問：「裡頭怎麼了？」

暗衛面色凝重，簡短道：「燕人是刺客。」

楊鐸捷一下子明白過來，拔腿又要衝，暗衛一把攔住他，「屬下去通知禁軍，大人千萬別去享殿，也別下山，尋個僻靜之處躲起來，莫辜負了陛下一番好意。」

他們匆匆交代完，撂下楊鐸捷，奔向黑黢黢的山林。

楊鐸捷呆立在原地。

好意。

是了，方才皇帝支開他，是察覺情況有異，故意讓他避險。

只有生死關頭等臣子救駕的皇帝，哪有一把將臣子推開的怪胎？

他想起夏侯澹剛才望向自己的眼神。那其中沒有笑意，也沒有光彩，只有冷漠的權衡計算——正是一貫讓他不適的，「聖人無情」的眼神。

今日之前，楊鐸捷一直以為夏侯澹將自己當作一顆有用的棋子。

現在他明白了，他的確有用，但不是對皇帝而言。

皇帝臨死也要保他，因為他對天下有用。

夏侯澹當初在畫舫上那一番煽動人心的發言，他從未當過真，「站直了身子，做大夏的脊梁啊。」

然而天子一諾，重於九鼎。

楊鐸捷一時說不清心中所思，只覺得四肢發麻，血脈僨張。他沒頭沒腦地朝著享殿拔腿衝去，然而剛邁出幾步，就聽見身後林中傳來異響。

剛才攔住自己的暗衛之一撲倒在地，背上插著一支箭。剩下一人正在與人苦戰。

楊鐸捷慌忙閃到最近的廊柱後頭，探頭望去。

仔細一瞧，他才發現林間各個方向的地上都有屍體。除了侍衛與暗衛之外，還有一些屍體身著布衣。

林間正在與暗衛廝殺的那人也是布衣。這群伏兵不顯身分，但楊鐸捷也不是傻子，稍加判斷便知不是燕國人就是端王的死士。

端王想放任燕國人殺了夏侯澹和太后。

那僅存的暗衛身手不錯，被偷襲受傷後，愣是咬牙幹掉了那個伏兵，這才倒地不起。

楊鐸捷呼吸急促。他能看出那兩人交戰期間沒有別的伏兵來援，說明那個方向的伏兵暫時被清空了，包圍圈出現一個豁口。

那麼，自己此時……

這個念頭甚至沒有完全成形，他的身體已經自作主張地衝出了藏身地。

楊鐸捷只覺得自己這輩子都未曾如此狂奔過。他一頭鑽進山林，越過地上橫斜的屍體，向下、向下，甩開枝葉，甩開砸下的雨水——

山形變得陡峭，他每一步都在打滑，逐漸無路可走。

「在那！」身後有人呼喝。

端王那王八蛋到底布置了多少人？

楊鐸捷腳一崴，摔了個狗啃泥，雙手深陷在泥濘裡，怎麼也爬不起來。他掙扎著回頭，身後的樹上有人正在彎弓搭箭。

楊鐸捷不再試圖爬起，直接順著陡坡翻滾而下。

一陣天旋地轉，他彷彿一段折斷的樹枝，被泥水一路沖下，越來越快，直到撞上一棵倒伏的巨木才終於停下。

渾身劇痛，他弄不清自己斷了幾根骨頭。衣服早已磨破，皮肉流血。楊鐸捷喘息片刻，撐著巨木站起身，繼續向下。

從樹木的縫隙間，他終於望見山腳。

楊鐸捷尚未來得及熱淚盈眶，背上的汗毛忽然豎起。頭頂某處，再度傳來了弓弦繃緊聲。

這一剎那被無限延長，死去暗衛的聲音迴響在耳際：「莫辜負了陛下一番好意……」

楊鐸捷目眥盡裂。

他命不該絕，命不該絕！

他用盡全身的力氣朝一旁撲去——

破空聲。

重物落地聲。

楊鐸捷撐起身子，檢查一下自己完好的四肢，又轉頭看去。剛才張弓的伏兵落在地上，身上插了一支飛鏢。

「楊大人？」有女聲喚他。

一個農婦與幾個莊稼漢子模樣的男人朝他跑來。那農婦開口時，楊鐸捷震驚地聽出了庾晚音的聲音：「妳怎麼了？」

「庾妃娘娘！」楊鐸捷顧不上其他，大喊一聲，「樹林裡可能還有人！」

庾晚音猛然止住腳步，抬頭望去。

雨幕之中，林木之間，無論如何都辨認不出人影。

忽然刀光一閃，不是從樹上，而是從樹後！

這一刀轉瞬間已至眼前——

楊鐸捷聽到庾晚音深吸一口氣。

千鈞一髮之際，楊鐸捷耳邊一聲炸響，差點將他炸聾。

這一聲跟剛才享殿方向的那一聲出奇地相似。

楊鐸捷捂著耳朵驚慌失措。庾晚音自己倒退兩步，跌坐在地。樹後冒出的伏兵身上多了一個血洞，卻還未死，舉刀執著地砍向她。

又是一響。

這回楊鐸捷看清了，庾晚音手中舉著一個古怪的東西，正對著那人的腦門。

那人的腦漿和血液一併濺到身後的樹上，紅紅白白的一灘。他晃了晃，才跌倒在地，那把刀滾了幾滾，碰到庾晚音的腳。

庾晚音上次殺人的時候，是假借淑妃之手，沒有親眼見到小眉的屍體。當時她吐了一場。如今真人的屍體就在眼前，她卻沒有再次反胃，只覺得虛幻。

眼前的場景如夢境一般浮動，就連那個死去的傢伙，看上去也像是道具假人。

說到底，這整個世界不都是假的嗎？

「娘娘！」暗衛的聲音喚回她的意識，「娘娘可有受傷？」

庾晚音的胃後知後覺一陣抽疼，她咬牙忍住了。不對，就算是在這個世界，還有一個人是真的。

她轉向楊鐸捷，疾聲道：「說說情況。」

楊鐸捷儘量簡短地彙報了。

庾晚音的頭腦飛速轉動。她望向身後跟來的四個暗衛，點了其中兩個，「你們兩個，揹著楊大人去求援。」

暗衛道：「是！」

「楊大人，」庾晚音拍了拍他，「大夏的未來就寄託在你這張嘴上了。」

楊鐸捷走了。

剩下兩名暗衛面露遲疑，「娘娘……」

庾晚音臉色慘白，緊緊握住那把槍，「我沒事，我們趕緊上山。」

她亂成一團的腦子裡，忽然生出一個最不合時宜的念頭：昨晚在迴廊燈火下，自己為什麼不親上去呢？

暗衛腳程極快，負著楊鐸捷一路狂奔，接近城門。

楊鐸捷身上血跡斑斑，守城的禁軍急忙攔住人。

楊鐸捷啞著嗓子喝道：「趙統領何在？帶我見趙統領！」

趙五成早有吩咐，有什麼風吹草動都得彙報。守城的不敢怠慢，著人將他請了過來。

趙五成一見楊鐸捷這模樣，心先放下了大半：看來端王快成功了。

楊鐸捷還在疾呼救駕，趙五成打斷他：「你是何人？」

「我……」楊鐸捷自報家門。

趙五成摸了摸鬍子，「你這般德行，帶了幾個莊稼漢，就敢自稱欽天監的人，還妄想調動禁軍？」

楊鐸捷氣得發抖，伸手在身上一通亂掏，所有能證明身分的物件都在方才那一陣亂滾間掉落了。

趙五成道：「來人，將他關押受審。」

楊鐸捷渾身的血液冷了下去。

他固然可以想辦法自證，但等他這一番折騰完，邶山上還能剩下活人嗎？

暴雨之中，北舟和圖爾已經過了數百招，誰也脫不開身。

論武功，北舟遠勝只剩左手能動的圖爾。但圖爾心存死志，一招招都是兩敗俱傷的路數，彷彿要與北舟就地同歸於盡。北舟卻還心繫著享殿中的夏侯澹，一時之間竟被壓制住了。

享殿裡。

無論是入侵者還是護衛，幾乎全躺在地上，有死有傷，動彈不得。

整個大殿裡站著的，只剩三個燕國人。

他們都是圖爾手下的精英，闖過無數的血與火才走到此處，而且越戰越勇，到這最後關頭也絲毫不鬆懈。他們將死去侍衛的殘屍拎在胸前當作肉盾，擺出陣形，亦步亦趨地逼近最後的目標。

夏侯澹坐在享殿深處的地上，胸前冒著血，一隻手舉著槍，對著他們來回移動，似是在尋找破綻。

只有他自己心中清楚，這不過是虛張聲勢。槍膛裡已經不存在任何彈藥了。

對方還在緩緩逼近。

今日是真的回不去了吧。

夏侯澹回頭看了半死不活的太后一眼，只覺得萬分遺憾。早知道活不過今天，剛才就不應該浪費那顆子彈打她的腿，而該直接拖她為自己陪葬。

他還有很多的遺憾。

沒有看到端王跪在自己身前。沒有看到兩國止戰，燕黍豐收。沒有完成對岑堇天和更多臣子的承諾，讓他們看見河清海晏、時和歲豐。

無數遺憾如浮光掠影一般遠去，留在腦中最鮮明的畫面，竟是冷宮中冒著熱氣、咕嘟作響的小火鍋。

如果還能見到她……

三聲爆響。

擋在眼前的三人一個接一個地倒了下去，露出身後洞開的大門。

漆黑的雨幕中，一道人影逐漸浮現，一步一步踏上支離破碎的享殿。

她臉上的偽裝已被雨水沖刷乾淨，濕淋淋的長髮貼在蒼白的臉上，眼中開槍殺人時的冷意還未及消散。

她沒有等他回去。

她來找他了，就像很久很久之前的那夜一般。

那一天，安賢突然對他道：「今日要來侍寢的那個庾嬪有些異樣，妝容打扮都與往常迥異……」

他不明所以，「什麼意思？」

安賢錯愕道：「陛下吩咐過奴婢，來侍寢的妃嬪若是有與往昔不同之處，都要稟報陛下的。」

他這才想起來，那是很久以前的指令了。當時他還沒有放棄尋找那個穿來的同類。這麼多年，他自己竟然都快要忘記了。

無論如何，他還是走了一遍流程。感覺到那個女人跪到床前，他便開口道：「滾吧。」

接著又表現得像個剛穿來的人，問侍衛：「她不留下侍寢就得死嗎？」

如果對方是穿越者，聽到此處就該有所反應了。

他揮退了侍衛。隔著一層床幔，那女人遲遲沒有動靜。

夏侯澹自嘲地笑了笑。

就在那時，一隻白皙的小手撩開了床幔。

對方果然打扮得美豔無雙，卻長著一雙十分乾淨的眼睛。

他已經不敢相信任何乾淨的東西了，但是他也不想輕易地抹殺這雙眼睛，便淡淡地讓對方打個地鋪，湊合一晚。

寂靜片刻，他聽見一道顫抖的聲音：「How are you?」

夏侯澹對她笑了笑：「妳來了。」

庾晚音跪倒在他身前，雙手發抖，撕開一塊衣角包紮他胸前的傷口，「沒事沒事，小傷而已，止住血就好了……」

「晚音，」夏侯澹望著她，「我有事對妳坦白。」

他的嘴唇都發白了，這話聽起來就像臨終遺言的開場白，庾晚音的眼眶立即紅了，「不許說！給我憋著，活著回去再說！」

夏侯澹笑了：「怕我說完就死嗎？」

「閉嘴！」

「放心吧。」他說：「在妳答應之前，我都不會死。我還沒有實現妳的夢想呢……」

尾音戛然而止。

庾晚音勸不住他，就用另一種方式堵住他的嘴。

夏侯澹不記得自己的感官是從何時開始麻木的。或許是穿來的第一天，或許是殺人的那一天，又或許是在日復一日的頭疼之後，身體開啟了自我保護機制。

但在此刻，他被這個莫名的世界再一次分娩。

雨聲震耳欲聾，像是有人掀開一層隔音的幕布。

體內所有疼痛清晰了千倍百倍，每一寸神經都在叫囂著燃燒。

她的嘴唇彷彿由熔岩鑄成。濃烈的鐵鏽味從喉頭泛開，捲入糾纏的唇舌，不知是誰渡給誰一口血。

這具身體反射性地退縮，像要躲開火焰。夏侯澹卻繃緊了肌肉，反而探身向前，抬手扣住她的後頸。

暴雨砸碎三千微塵，大地上有人在死亡，有人在接吻。

直到庾晚音喘不過氣，小幅度地掙扎一下。

夏侯澹鬆手放開她，笑道：「甜的。」

庾晚音：「……」

你還挺會的啊？

她魔怔了般湊上去，還想再戰。

北舟道：「打擾一下。」

北舟嘴角帶血，受了點內傷。

庾晚音帶上來的兩個暗衛在關鍵時刻出了一把力，與他一同制服了圖爾。北舟拖著被五花大綁的圖爾，站在一旁耐心地看他們難捨難分，也不知等了多久才禮貌打斷。

那兩個暗衛正在檢查殿中的傷亡。有幾個侍衛還未死，被他們扶起來療傷。他們還找到兩個沒斷氣的燕國人，一併綁了起來，丟在圖爾旁邊。

庾晚音猛然回神，尷尬轉身。北舟瞧見夏侯澹胸口的傷，臉色一變，「澹兒！」

夏侯澹穿著玄色龍袍，血跡不顯，但庾晚音幫他包紮的布料已經被完全染紅了。

夏侯澹低頭看了一眼，「沒事。」

北舟面色陰沉，一手懸於圖爾的天靈蓋上，「此人不用留吧？」

圖爾沒想到這占盡天時地利的行動竟會以落敗告終，此時整個人頹唐了下去，只有那雙深陷的眼睛還死死盯著夏侯澹，眼中燃著兩團鬼火。

他啐了一口道：「果然，夏國人只有陰損的武器和不男不女的怪物。」

北舟極力抑制著一掌拍下的衝動，「澹兒，殺嗎？」

「殺了他！」角落裡忽然響起尖厲的女聲。

庾晚音嚇了一跳，這才瞧見坐在地上形容狼狽的太后。

太后道：「留他做什麼，等他與端王裡應外合嗎？」

夏侯澹驚訝道：「差點忘了妳還活著。」

太后：「……」

夏侯澹在這場行刺開始前就澈底和她撕破臉了，此時也不打算再黏回去。他看都不看太后一眼，盯著圖爾陷入短暫的思索。

庾晚音被這麼一打岔，思緒倒是回到正軌。端王的人還在林中虎視眈眈，瞧不見享殿裡的情況，暫時不會直接攻來。但再過片刻，此間還沒有動靜，他們就該來查探情況了。

一旦發現夏侯澹沒死，他們會做何反應呢？到了這一步，會不會一不做，二不休，乾脆代行弒君之事，再栽贓到燕國人頭上？

北舟顯然也想到了這一節，朝外頭望了一眼，「此時正面對抗，我沒有勝算。」

庾晚音戒備地看看太后，壓低聲音道：「楊鐸捷去調禁軍了。」

夏侯澹道：「禁軍不一定調得動。」

庾晚音道：「我相信他的嘴。」

夏侯澹笑了，「那我們就等。」

圖爾突然笑了一聲，「不用白費力氣。」

他盯著夏侯澹的胸口，眼中流露出惡意的喜悅，「你很快就會死。我們在武器上抹了羌國的毒，你的傷口不會癒合，你的血會一直流、一直流，直到流乾。」

庾晚音愀然變色。

北舟攥住他的領口，「解藥呢？」

圖爾放聲大笑。

他知道死到臨頭，只想用他們的痛苦為自己餞行，「就跟那個汪昭一樣！你們這樣看著我做什麼？他當然死了，跟真正的使臣團一道被我們截殺在半路，哈哈哈，死得拖泥帶水的，咽氣之前趴在地上，還伸直了脖子對著夏國的方向張望呢！」

庾晚音渾身發抖。

一隻冰冷的手握住她的手腕。

夏侯澹借力站起身，順帶著從地上撿了把劍，微微搖晃著走向圖爾，一步一個血腳印。

他卻越過了圖爾，朝著旁邊那個燕人舉劍。

燕人慘叫一聲。

又一聲。

夏侯澹機械地舉劍又捅下，次次避過要害，那燕人的腸子都流了出來，叫得像是殺豬一般。

庾晚音捂住嘴別開頭。

幾滴熱血濺到圖爾臉上。他瞳孔收縮，猛烈掙扎起來，「夏侯澹！你還是一國之君嗎？放過他們，有種衝著我來啊！」

夏侯澹的劍卡到對方肋間，拔不出來。他俯身又撿了一把，換了另一個燕人，接著幹體力活。

圖爾無能狂怒，罵得語無倫次。

夏侯澹又一次舉起劍，卻沒能落下去。庾晚音從背後抱住他，聲音打著顫：「別動了，你不能再流血了……」

夏侯澹頓了頓。就在這一頓之間，北舟出手如電，給了那兩人一個痛快。

夏侯澹喘了口氣，鬆開五指，長劍「噹啷」一聲掉落在地。

他站立不穩，整個人往下滑，卻又不想倒在圖爾面前。庾晚音感覺到了，努力撐住他的身體，對暗衛使了個眼色。

暗衛從堂上搬來一把椅子，扶著夏侯澹坐下。庾晚音放開他時，發現雙手沾滿了暗色的血。

她咬緊後槽牙，將手背到身後擦了擦。

夏侯澹垂眸看著雙目通紅的圖爾，心平氣和地開口：「汪昭出使是個祕密，連父母也不知真相。朕告訴他此行凶險，他若是不願，可以不去。」

圖爾沒想到他發完瘋，一轉頭卻開始說這些，莫名其妙地瞪著他。

「他說和談乃國之大計，不可不往。如有不測，請朕著人告於他家中二老，替他立個衣冠塚，使他生魂得歸故里。」夏侯澹望著圖爾，「朕要讓他死得其所，告慰其在天之靈。」

圖爾：？

夏侯澹說了句他做夢也沒想到的話：「現在，我們和談。」

除了庾晚音，所有活著的人都懷疑自己耳朵出了問題。

滿室沉默是被太后的罵聲打碎的。女人的理智瀕臨崩潰，她拖著傷腿朝他們爬來，似乎打算親手代勞，殺了圖爾。

夏侯澹只對暗衛簡短道：「照顧好太后。」

太后被照顧了。

夏侯澹道：「晚音，把槍給北叔，讓他盯著大門外。」

庾晚音擔憂地望了他一眼，夏侯澹回以一個安撫的笑：他知道自己在做什麼。

圖爾道：「你在說什麼鬼話？你是必死之人，我是亡命之徒，我們談個鬼？」

夏侯澹很平靜，「確實。你就當是人之將死，隨便說說夢話吧。明日此時，朕的好皇兄和你的好叔叔，都該舉杯慶祝了。」

不知不覺，都城裡的街巷阡陌已經空無一人，猶如被大雨洗成了鬼城。活在天子腳下的百姓，對變故有著野獸般的嗅覺，全都閉緊門窗躲進家中。

楊鐸捷晃了晃手上的鐐銬，「老哥，哪裡人啊？」

坐在他面前的副統領嗑著瓜子，不理不睬。

這人是趙五成提拔上來的。趙五成命他將楊鐸捷關押受審，他卻明白，此人只需關押，根本不用審。拖著拖著，把山上的皇帝拖死就完事了。

楊鐸捷笑道：「老哥，相逢即是有緣，左右無事，兄弟講個故事如何？」

副統領吐了瓜子殼，轉頭去看窗外的雨。

楊鐸捷也不管他在不在聽，「話說當初曹操征袁術，遇上大旱，軍中缺糧。糧官問曹操，大夥兒沒飯吃了可怎生是好？曹操便道：『你將大斛換作小斛，發給他們。』糧官又問了，那將士們心生怨懟，又該如何？曹操說：『沒關係，自有良策。』」

嗑瓜子的動作慢了下去。

楊鐸捷故作不覺，「口糧一減，將士們果然暴怒。曹操對糧官道：『得找你借一樣東西穩定軍心——你的項上人頭。』糧官大驚喊冤，曹操倒也很委屈：『知道你無罪，可若不殺你，難道殺我嗎？』」

窗外電光一閃，一道炸雷恰在此時落在他們頭上，如天柱摧折，壓頂而來。

副統領：「……」

副統領冷笑一聲：「彎彎繞繞的到底想說什麼？」

楊鐸捷嘖嘖搖頭，「老哥，你就是吃虧在書讀少了呀。趙五成明明可以只讓你看著我，為何非要當眾命你『審』我？」

副統領一愣。

楊鐸捷道：「救駕不力，總得有顆人頭落地吧？即使皇帝駕崩了，端王為了擺姿態，也會來問這個罪。趙五成是端王的狗，他是不會有事的，有事的便只能是……審訊不出結果，耽誤出兵的那個人。」

他老神在在：「趙五成下令的那一刻，老哥你的項上人頭，便已經出借了。」

副統領哈哈大笑，「挑撥離間得如此明顯，真當我會上當？」

楊鐸捷聳聳肩，「不信便罷了，人各有命。」

副統領道：「那便閉嘴！」

楊鐸捷果然閉上了嘴，再也不說一個字。

副統領嗑完半盤瓜子，朝他瞟了又瞟，終於忍不住問：「若真如你所言，我如何應對？」

楊鐸捷牢牢閉著嘴。

副統領猛一拍桌，「說話啊！」

楊鐸捷哂笑，「天下竟有如此不守禮法之人，求人指點還不躬身討教……」

副統領「唰」地拔出刀架到他脖子上，「我還能更不守禮，你說不說？」

「說的說的。」楊鐸捷縮了縮脖子，「聽說趙五成並不實際管事，平時的雜項事宜，是誰在幫他打理？老哥弄得到兵符嗎？」

享殿。

圖爾道：「什麼意思？和談失敗，紮櫞瓦罕為何會慶祝？」

夏侯澹笑了，「你真的不明白嗎？你到此時還以為燕王被蒙在鼓裡，不知道你要來行刺嗎？」

「我們留了障眼——」

「那老狐狸坐了幾十年王位，能被你一點障眼法騙這麼久？」

圖爾被噎住了。

他想起羌國女王「恰巧」留下的香囊，又想起自己一路出逃時，出奇鬆散的防衛。

夏侯澹道：「連年戰亂，民生凋敝，燕國人士氣低落，節節敗退。你沒有察覺，紮櫞瓦罕卻發現了，是百姓不想打了。他痛恨夏國，出使和談只是權宜之計。他需要時間休養生息，也需要一個新的契機，煽動起民眾的戰意。」

他的語聲中帶著淡淡的嘲弄：「你說巧不巧，上一回這個契機是珊依，這一回就輪到你了。」

這句話精準點燃了火藥桶。

圖爾渾身都在蓄力，「你——怎麼敢——提她？」

「有何不敢？她要殺朕，朕難道要站著任她殺不成？」

「放屁！」圖爾怒吼一聲，周身筋肉暴起，竟然掙斷了繩索，朝夏侯澹撲來。奈何身負重傷，半途被暗衛按下了。他被壓在地上不斷掙扎，「到現在還在信口雌黃，所謂行刺都是你們的謊言！」

夏侯澹微微挑眉，「她行刺的那把匕首很精巧，柄上還雕著鹿和花。」

圖爾的掙扎驟停。

庾晚音詫異地半張開嘴。

這種塵封多年的宮闈祕聞的細節，夏侯澹是怎麼知道的？原文裡寫到過嗎？他不是沒仔細看過文嗎？

然而圖爾的反應已經充分說明，這細節是真的。

夏侯澹道：「珊依一個弱小少女，應當不會無緣無故行刺吧？你說，是誰下的令呢？下令之人又是怎麼讓她聽話的，威逼利誘，還是拿她珍愛之人相要脅？」

他任由沉默持續了一下，才望著圖爾的後腦勺，憐憫道：「真是可悲，身為傀儡卻不自知，救不了心愛的女人，連真正的仇人都找不到。你以為你是瞞天過海來行刺的？不，你是被燕王送來的，就像珊依一樣。你們死在大夏宮中，遠比死在他手上有價值。消息傳回燕國，他又可以老淚縱橫，高喊讓夏國血債血償了。」

「……」

圖爾嘶啞地笑了，「你說我是傀儡？」他用血色的眼睛盯著夏侯澹，「你自己不是嗎？」

「朕當然是。」夏侯澹眼都不眨，「朕年少時也以為放手一搏，就可以擺脫他們的控制。後來才慢慢發現，自己下的每一個決定，做的每一次反抗，都如了他們的意。朕是他們的牽絲傀儡，是他們手中殺人的刀……」

他瞥了太后一眼。

太后瑟瑟發抖。

夏侯澹收回目光，「其實我們兩個很像，但朕不甘心，不甘心裝作一無所覺，不甘心渾渾噩噩地迎接宿命，還要自欺欺人，美其名曰別無選擇——你甘心嗎？」

這些臺詞……

像是每個字都被和血嚼碎了，再連牙吐出來，庾晚音想。

圖爾聽在耳中，更是如驚濤駭浪一般。

自欺欺人。

他不禁自問：我真的一無所覺嗎？

多年以前，當叔父大言不慚地說出「她的身分最合適」時，自己是如何回答的？

多年之後，那香囊、那防衛、那種種異狀，自己是不曾看見，還是刻意忽略了？搞這一齣同歸於盡，便可自認大仇已報，含笑九泉——卻至死也不敢回頭看一眼。

原來如此，他恍然間想。

原來我這燕國第一勇士，是畏懼著紮欏瓦罕的。

夏侯澹忽然話鋒一轉：「可惜啊，可惜朕快死了。否則倒是可以派人助你一臂之力，殺了紮櫳瓦罕呢。現在嘛，你犯下弒君之罪，怕是連活著走出大夏都無法可想了。」

圖爾：「……」

庾晚音彷彿能聽見他大腦中齒輪瘋狂轉動的聲音。

半晌，他含恨道：「我真的沒有解藥。羌國那女人只給了毒。你能讓太醫想想辦法嗎？」

夏侯澹：「……」

夏侯澹道：「那你就努力為朕祈福吧。」

門邊的北舟突然跪地，將臉貼在地上聆聽，「有大隊人馬在上山，應該是禁軍。」

眾人尚不及鬆一口氣，他又飛快起身朝外放了一槍。

「林中埋伏的人奔來了。」他語速飛快，「先逃，撐到禁軍過來就行。」

逃，又能逃去哪裡？

庾晚音猛地回頭看向後門，當機立斷：「進地宮！」

從享殿後門望出去，尚未封土的地宮入口就在百尺之外。

北舟又放了兩槍，眼見著林中冒出的黑影不斷擁來，援軍還不見蹤影，槍中彈藥卻所剩無幾，當下低喝道：「走。」

北舟揹起夏侯澹，兩個暗衛一人負起太后，一人拖著圖爾，帶著幾個傷患出了後門。

四面八方都有人追來，端王安排的埋伏見任務即將失敗，索性破罐破摔，全員出動了。

雨水瓢潑，庚晚音全速衝刺。

墓道還在修建，入口處沒有鋪地磚，泥地已經化作了水窪。一步踩進水裡，整隻腳深深陷入爛泥，只能再奮力拔出來。

跑得最快的追兵已經將他們拉進射程，五花八門的暗器投來，落在後頭的傷患幾聲慘叫，當了肉盾。

北舟負著一人還是一馬當先，整個人幾乎是飄過水面，踏上墓道石階，頭也不回地奔了下去。庚晚音蹚著水緊隨其後，身後又是一聲撕心裂肺的慘呼，太后也中招了。

她在下班路上熟讀盜墓小說，知道為防盜墓賊，所有地宮裡都有個地方設有石門，門後還有卡死機關，從外面一時半刻絕無辦法打開。但一旦進去，也就再無退路，石門一破就只能任人甕中捉鼈。

情勢不由人，她三級三級地往下跨，口中指揮道：「主墓室！」

視野一暗，眾人終於進了地宮。

北舟運足目力，在黑暗中直奔最大的墓室，回身一腳踹向頂門石。

頂門石緩緩傾倒，像是宏觀版多米諾骨牌，推動著巨大的石門逐漸闔上。

餘人紛紛搶入，從越縮越窄的門縫間擠了進去。大門轟然關死，頂門石歸入凹槽，與石門和地面形成三角。

最後一縷光線消失，墓室內陷入一片漆黑。

緊接著，外頭傳來砸門聲。

庾晚音屏息聆聽了一下，厚重的石門巋然不動。她彷彿一下子被抽空了力氣，就近貼著牆坐下了。

室內伸手不見五指，一時間只能聽見太后的呻吟聲。

一群各懷鬼胎的陰謀家，在黑暗與墳墓裡相依為命。

第十六章　和談書

庾晚音後知後覺地發現肩上劇痛。她抬手一摸，摸到暗器劃出的傷口。

她吸了一口涼氣。

夏侯澹問：「妳受傷了？」

他的聲音很近，似乎就坐在旁邊。庾晚音試著伸手摸索，摸到他的手，輕輕握住。

她不想讓他在這時分神擔心自己，語氣輕鬆：「沒有。」

夏侯澹的五指很涼，順著她的手腕一路向上摸，最終停在那個傷口邊緣。

「圖爾，」他低聲問，「伏兵的暗器上也抹了毒嗎？」

圖爾：？

圖爾道：「你是不是誤解了？我根本不知道伏兵是誰派的。難道是你說的那個皇兄？」

夏侯澹：「……」

這個人回去之後，真能成功翻盤弄死燕王嗎？

角落裡傳來暗衛的聲音：「回陛下，屬下也中了暗器輕傷，沒感覺到有毒。」他還以為夏侯澹在關心太后，雖然略感蹊蹺，還是盡責彙報道：「但太后傷勢有些重，需要儘早包紮。」

夏侯澹不接話了。

砸門聲還在狂響，石門卻只是微微震顫，毫無移位的動靜。

庾晚音心下略鬆，貼著夏侯澹耳語道：「三角形的穩定性。」

夏侯澹在這種關頭居然笑了出來，「古人的智慧結晶。」

他們十指緊扣，靜靜聽著外面的聲響。

又過片刻，砸門聲突然一弱，接著傳來兵刃相接的銳響。

禁軍終於來了。

來人在數量上呈壓倒性優勢，端王的人被困在地宮裡逃無可逃，負隅頑抗片刻，打鬥聲弱了下去。

有人對著石門呼道：「陛下？太后娘娘？」

北舟氣沉丹田，將聲音送出去：「都在裡面。」

那人喜道：「請陛下稍候，我等去尋工具來將門搥碎！」

黑暗裡，太后忽然帶著泣音叫罵了一聲，緊接著北舟冷冷道：「老實點。」

庾晚音問：「怎麼了？」

北舟道：「這女人想偷襲澹兒，被我拿住了。」

庾晚音目瞪口呆。能與端王鬥上這麼多年的，果然是狠角色，都山窮水盡到這一步了，還沒忘了「初心」。

太后剛才在享殿裡聽到夏侯澹嘴炮[1]圖爾的全過程，才恍然意識到，這場和談從一開

1 嘴炮：網路流行語，用講道理的方式說服他人。

始就是由夏侯澹暗中主導的。

皇帝在她眼皮子底下朝燕國派出使者，而她甚至不知道他們口中的汪昭是誰——她疑心就連端王也不知道。

重傷之下，尚能鎮定自若，生生憑一張嘴將敵軍策反。他要送圖爾回去與燕王鬥，這是打算挑起燕國內亂，無形中消弭大夏的戰禍啊！

這傢伙到底扮豬吃老虎多久了？

這些年裡，他悄然做了多少布置？

此時夏侯澹在太后心中已經超越了端王，成了頭號危險人物。若是沒有今日的變故，再過不久，他就該翻天了吧？

雖然他已經中毒，但誰又能保證他下山後找不到解藥？他不死，死的就該是自己了！

然而夏侯澹也不知道是不是突然糊塗了，居然忘了殺她，還將她一併救了進來。

太后在黑暗中默默發抖，不是因為恐懼，而是因為緊張。

這是蒼天賦予她最後的機會了——殺了夏侯澹，栽贓給圖爾，再藉開戰之機送走端王！

她裝死蟄伏到現在，終於等到北舟與外頭喊話，注意力不在此間，立即朝夏侯澹爬了過去。

沒想到蒼天的垂憐如此廉價，剛爬出一步，她就被北舟踩在地上。

外頭陷入一片忙亂，那領頭的似乎在指揮人手去各處找工具。

太后道：「大膽！你——你是哪裡的奴才——」

北舟牢牢踩著她的背心，問出今天的第二遍：「澹兒，殺嗎？」

他語氣隨意，無論是敵國王子，還是當朝太后，只要夏侯澹一句話，他都能當作螻蟻一腳踩碎。

夏侯澹沉默了一下。

庾晚音不知道在這沉默中，他思索了什麼。等他開口，就是一句：「今日之事，是有刁民作亂。」

眾人：？

夏侯澹意味深長地輕聲道：「幸好，你們這些侍衛拚死護住了朕。至於使臣團，從頭到尾都在都城內，準備著和談事宜。」

伴著門外落下的第一鎚，他開始一句句地安排：「圖爾沾些泥水抹在臉上，等等記得低頭。暗衛，脫下外衣讓晚音罩上。晚音，把頭髮束起來，臉也抹花。」

眾人心領神會，摸黑照辦。

夏侯澹的聲音越發虛弱：「圖爾，你那裡還有毒藥嗎？有沒有三五日內死不了人的那種？」

圖爾沒明白他為何有此一問，遲疑道：「這不好說，毒不是我煉的，我也只是拿雞試過藥。」他伸手入襟掏了兩下，摸出一顆藥丸嗅了嗅，「這一顆應該不致死吧，雞吃下去倒是當場癱了。」

夏侯澹道：「北叔，餵太后服下。」

太后：！！！

搥石聲不斷，還伴著隱隱裂響。

太后語聲急促：「皇帝，澹兒，你今日……你今日智勇雙全，化干戈為玉帛，母后心中十分感念……母后這些年所作所為也都是怕你肩上擔子太重，想為你分憂啊……等一下！」她徒然偏頭躲避北舟塞來的藥丸，「別忘了你已中毒！你我若是都死了，笑到最後的就是夏侯泊，你不恨他嗎？」

夏侯澹親切道：「不勞母后掛念，兒臣不會死的。」

北舟徒手撬開太后的嘴，在她殺雞般的尖叫聲中將藥丸塞了進去。

夏侯澹道：「母后大概忘了，拜妳與端王所賜，兒臣這些年中過多少毒，又服過多少藥吧。尋常的毒藥，對兒臣可沒那麼管用了。」

北舟卡著她的脖子，將她整個人提起來抖了抖。

藥丸入腹了。

夏侯澹道：「母后且安心吧，兒臣會全鬚全尾地活到和談成功，活到端王落敗，活到天下太平。到時候，妳抱著孫兒在地府業火裡炙烤之餘，別忘了為兒臣歡喜啊。」

太后的呻吟聲和求饒聲逐漸低弱，最後只剩「呵呵」喘氣聲。

寂靜中，夏侯澹突兀地笑了起來。

他笑得上氣不接下氣，「諸位記得我們在哪嗎？」

沒人敢答，他便自問自答：「在我為她修的墳裡。」

一聲巨響，石門終於被搥出一個洞。又是幾下，它四分五裂，崩落下去，濺起一地泥水。

禁軍副統領跪地道：「臣救駕來遲，請陛下恕罪！」

他低著腦袋，聽見皇帝驚慌失措的聲音：「別管朕，先救母后。」

副統領一愣，舉高燈燭朝墓室內望去，只見太后躺在地上不斷抽搐，口眼歪斜，竟是中風的模樣。

當下禁軍將滿室傷患抬下山，護衛著聖駕回城。

回宮的路上，雨勢漸收，雲層散開後，眾人才驚覺已是傍晚。天際夕光如熊熊烈火，要將殘雲焚為飛灰。

馬車入宮，太后先被扛了進去。

副統領又要去扶夏侯澹下車，皇帝卻置之不理，由變回嬤嬤身形的北舟攙著走了下來。

他不動聲色地將大半體重交給北舟支撐，淡定地問：「趙五成呢？」

副統領囁嚅著不敢答。

夏侯澹不耐煩道：「說實話。」

副統領道：「趙統領他……不見了。」

早些時候，副統領被楊鐸捷慫恿著支開了趙五成，偷取了兵符，假傳軍令，帶著所有肯聽命於自己的人去救駕了。

返程之前，他還擔心趙五成會帶著剩下的兵馬來攔路，一不做，二不休，行了弒君之實。他特地著人先行查探了一番，卻發現趙五成一見風頭不對就消失不見了。趙五成膽小如鼠，見事情敗露，多半是收拾細軟跑路了。

夏侯澹嗤笑一聲，「從現在開始，你就是禁軍統領。」

副統領心頭狂喜。

夏侯澹道：「傳朕旨意，刁民作亂，全城戒嚴。禁軍護駕不力，趙五成瀆職逃竄，捉住他斬立決。」

副統領慷慨激昂道：「臣遵旨！」

他領命而去，慶幸著自己最後時刻押對了寶，沒有留意到夏侯澹回身進宮的步履有些遲緩。

夏侯澹強撐著走進寢殿，大門一關，原地倒了下去。

「澹兒！」北舟驚呼。

作為侍衛跟在後頭的庾晚音衝過去，幫著一道扶住他，沾了滿手的血。

同樣跟在後頭的圖爾道：「……快叫太醫啊！」

夏侯澹對他翻了個白眼，又望向庾晚音。

他有好多事要交代她。

比如，他並不像嘴上說的那樣，自信一定能挺過這一劫。之所以放倒太后，是因為如果自己死了，最後贏家必然出在太后和端王之間，而這兩人中太后主戰，端王主和。

他並不想將勝利拱手讓給端王，但除去太后，至少可以保住和談的成果。

比如，沒有當場殺了太后，是為了留著迷惑端王，讓他在局勢不明的情況下不敢貿然造反。倘若自己未死，此舉就能爭取到寶貴的恢復時間。

比如，此時風雲突變，端王必然虎視眈眈地盯著宮中。但她不必害怕，她也不能害怕。自己倒了，她就是唯一的定海神針。

好多話。

可他沒有力氣了。

他只能勉強說出一句：「別怕……」

庾晚音點點頭，「你也別怕，我可以的。」

夏侯澹放心地暈了過去。

北舟將夏侯澹抱去床上。庾晚音回身面對著圍過來的宮人。

精心培養過的暗衛已經所剩無幾，大半交待在邯山上。餘下的還在接受北舟的訓練，此時突然從替補變成了首發，一個個神情比她還緊張。

是啊，庾晚音想，不知不覺，她已經不再惶恐了。

如果現在回到原本的世界，她大概能晉升總裁了吧？

她沉聲開口：「以陛下的名義傳令出去，太后有疾，今夜宮中宵禁，不得出入。去請太醫……多找些太醫去太后那邊，這裡只請一個。」他們得防著端王的眼線。

眾人領命而去。

庾晚音望向床上的夏侯澹。他的臉上不剩一絲血色，瞧著灰敗若死。按照這種書裡的套路，太醫是幫不上什麼忙的。

她來回踱了兩圈，「北叔，阿白呢？阿白到底在哪裡？他不是在外面幫陛下找藥嗎？」

北舟無奈搖頭，當初阿白什麼也沒透露給他，夏侯澹也沒提過。

庾晚音深吸一口氣，「我想起一個人……不好，我把她忘了。」

她招來暗衛：「快去請謝妃。若是有危險，救她。若是無事，問問她在太醫院中是否認識一個天才學徒，一併帶過來。」

謝永兒來得很快。

謝永兒早上給庾晚音報完信，就飛快躲進自己宮裡，稱病不敢見任何人。怕庾晚音領會不到意思，又怕她領會到了反應太大，引得端王警惕。端王今日的注意力應該都放在山上，但誰又敢保證他沒有留個後手收拾自己呢？

夜幕降臨時，謝永兒終於等到暗衛來帶她去面聖。

走進寢殿，她如釋重負，「你們可算想到我了！我這一整天連宮人送來的食物和水都不敢碰，生怕夏侯泊殺了我……」

庾晚音倒了杯茶遞過去，「辛苦了，這段時間妳就住在這吧，別再出去了。」

謝永兒渴得不行，端起來就想喝，又疑神疑鬼地停住了，「妳怎麼這副鬼樣子？皇帝還活著嗎？不會是任務失敗，你們想拉我陪葬吧？」

庾晚音：「……」

她將謝永兒帶進內室。

宮人已經脫去夏侯澹染血的龍袍，為他大致清理一下傷口。謝永兒看見他胸口那還在不斷滲血的口子，呼吸都嚇停了，「怎麼搞的？」

庾晚音疲憊地坐到床沿，將事情壓縮在半分鐘以內總結了。

謝永兒原地凝固。

半晌，她的思緒緩緩流動，「……槍。」

庾晚音點頭。

謝永兒道：「厲害。」

庾晚音道：「謝謝。」

謝永兒人都麻了，心想：事到如今，無論如何都要抱緊這對狗男女的大腿，絕對不能站到他們的對立面。

放在三天以前，她都想像不到自己竟會為他們絞盡腦汁獻策，「傷口消毒——」

「用酒精消過了。」

「能輸血嗎？」

「不知道血型啊。」

謝永兒道：「我是O型，萬能輸血者！」

庾晚音道：「妳是說妳穿來之前是O型吧？」

謝永兒沉默了。

庾晚音道：「只能用古人的方式了，現在最緊迫的是解毒。妳認識的那個天才學徒——」

「他叫蕭添采。方才暗衛找來後，我已經傳信給他了，讓他跟隨太醫過來打下手，免得引人注目。」謝永兒皺了皺眉，「話又說回來，妳怎麼知道我認識他？」

庾晚音：「……」

那自然是文裡寫的。

然而不等庾晚音編個解釋，謝永兒自己想通了，「妳還挺厲害的，在太醫院那裡也有眼線？我去找他開墮胎藥，妳也全程知情？還好沒跟妳鬥下去。」

庾晚音道：「謝謝。」

真相是絕對不能告訴謝永兒的。

她策反謝永兒，最初利用的就是同為穿越者的認同感。一旦發現自己竟然是紙片人，巨大衝擊之下，謝永兒的心態會如何變化，就不可預測了。

而且將心比心，庾晚音覺得如果自己是紙片人，自己也並不希望知曉這一點。

自由意志都被否定，還有什麼是可以依託的？

老太醫帶著蕭添采來了。

蕭添采年方十八，氣質寧和，是個文雅少年。他跪地行禮之後，眼睛就一直往謝永兒那頭瞟，欲言又止。

老太醫流著冷汗診脈時，謝永兒想起新的注意事項，正對庾晚音竊竊私語：「圖爾關起來沒？簽訂和談書之前都不能放他自由活動，就他那只會走直線的腦子，萬一夏侯泊的人接觸到他，承諾他同時弄死皇帝和燕王……」

「放心吧，已經關了。」

蕭添采的目光從上到下掠過夏侯澹周身，見他昏迷不醒，旁邊似乎也無人主事，便小心翼翼湊到謝永兒旁邊，「謝妃娘娘，可否借一步說話？」

兩人走出一段，來到無人處，蕭添采將聲音壓到最低，暗含期待地問：「娘娘是想讓他活還是死？」

在他頭頂房梁上，暗衛的匕首已經出鞘了。

謝永兒：？

謝永兒忙道：「讓他活，讓他活。」

穿越以來，她還從未如此賣力地祈願夏侯澹別死，其虔誠程度直逼圖爾與禁軍新統領。

大概夏侯澹本人也不知道，這一天會是史上為自己祈福的人數最多的一天。

蕭添采面露狐疑，彷彿在判斷她是不是被綁架了，「娘娘不是說，在這宮中活得如同困獸，只盼著端王——」

謝永兒一把捂住他的嘴，「此一時彼一時，端王在我心中已經死了！」她無法對他透露更多，短時間內又想不出什麼令人信服的說辭，將心一橫，「其實……陛下一直對我很好，是我一葉障目，未曾察覺自己的心意。」

他盯著她看了片刻，轉身道：「我明白了。」

背影似有幾分落寞。

庾晚音看原文就知道這人是被謝永兒吸引的炮灰男配之一，連他們借一步說的悄悄話都能猜個八九不離十。見蕭添采垂頭喪氣回來了，她忙露出和善的微笑，「蕭先生，現在我們都只能靠你了。」

正在準備告罪說辭的老太醫：？

蕭添采低聲對老太醫道：「恕弟子失禮。」然後越過他去細細察看夏侯澹的傷口。

蕭添采道：「陛下似是中了氣不攝血的不癒之毒，毒性至為霸道……」

庾晚音屏息凝神等他的生死判決。

蕭添采道：「……但似乎用量稀少，又或是陛下龍體強健，所以傷口已經初顯癒合之象了。」

庾晚音猛然愣住，連忙湊過去。

她先前一直不敢直視那可怖的創口，如今經他一說，才發現滲血果然慢了很多。

她瞬間如起死回生，難以置信地問：「真的？這真的不是血要流乾了嗎？」

蕭添采嘴角一抽，「陛下吉人天相，不會有事的。微臣去開個止血的方子。」

此時此刻，理應宵禁的城中，無數消息正在黑暗裡混亂地傳遞著。

太后黨在急問今日發生了什麼事，使臣團逃去哪裡，太后又是怎麼了。

端王黨在密議任務為何失敗，皇帝究竟靠什麼逃出生天，眼下的局勢該如何改變計畫。

楊鐸捷在寫給李雲錫的密信，誇夏侯澹。

孤月之下，一道身影倉皇逃竄，摸到一戶戶相熟的端王黨宅邸，卻叩不開一扇收留的後門，最後被飛來的亂箭射死在街上。

禁軍新統領毫不猶豫地砍下他的腦袋，喜悅道：「去宮中覆命，罪人趙五成已伏誅！」

按照最初的安排，後天就是欽天監定的和談吉日。到時夏侯澹若是不能到場旁觀，等於明明白白向端王透露：我罩門全開，你可以出手了。

庾晚音全身每一個細胞都叫嚷著疲憊，這一口氣卻不敢鬆，趁著宮人熬藥的工夫，她又拉著謝永兒推敲一遍宮中的防衛部署，往端王鑽過空子的地方都加派了人手。

關押圖爾的地點，庾晚音沒有告訴謝永兒。

北舟正在他們腳下的地道裡看守著圖爾。地道另一端出口已經被封死，端王便是手眼通天也找不到人。

若是端王走到直接行刺那一步，地道就是他們最後的退路。

夏侯澹蒼白如紙地陷在被窩裡，人事不省，勺中的藥液全順著他的唇角滑落到枕上。

望著他緊閉的唇瓣，「讀小說破萬卷」的庾晚音明白了什麼，轉頭看向謝永兒。

謝永兒也明白了，拉走蕭添采，「我們迴避一下。」

她在偏殿安置了蕭添采，想起庾晚音也到了強弩之末，夜裡或許需要個人換班，又走了回去。正好看見庾晚音唇色紅潤，放下空的藥碗，又躍躍欲試地端起粥碗，聽見腳步聲才轉頭望過來。

謝永兒後退一步，「打擾了。妳繼續。」

夏侯澹是翌日下午醒來的。

睡得太沉太久，他一時忘了今夕是何夕，以為還沒去邯山，下意識想要坐起，隨即抽著涼氣倒回枕上。

胸口的傷處仍舊作痛，但似乎沒在流血了。他試著小幅度地動了動手臂、腿腳，除了乏力，沒有別的問題。

看來這次也死不了了。意識到這件事，他的第一個反應竟是有些疲憊。

眼角餘光掃到床邊，夏侯澹緩慢地轉過頭。

庾晚音趴在床沿，閉目枕著自己的手臂。她換了一身衣服，似乎匆匆洗過澡，長髮未束。夏侯澹伸手過去，輕輕摸了摸她的頭頂，指尖傳來潮意。她連頭髮都來不及烤乾就睡著了。

夏侯澹搖鈴喚來宮人，想讓人將她抱上床，庾晚音卻驚醒過來，迷迷糊糊道：「你怎麼樣？」

或許是因為虛弱，又或許是因為剛剛心意相通，夏侯澹看起來平和得像是沒殺過生，望向她的目光溫柔如水，簡直能讓她忘記山上那個瘋子。

「比我預想中強一點。宮裡如何了？」

「今日不上朝，對外說是你在太后處侍疾，宮門還是不讓進出。但我想唬一唬端王，所以讓人照常去布置明日的和談席位了。他那邊目前還沒什麼動靜。」

「太后呢？」

庾晚音邊往床上爬，邊嘖嘖搖頭，「據說在大吵大鬧，但連話都說不清楚了。太后黨那些臣子倒是葫蘆娃救爺爺，一個一個往這裡送，都被我打發走了。」

夏侯澹笑了，「庾姐威武。」

庾晚音往他身邊重重一躺，除了睏意已經感受不到其他，「你記得吃點東西再睡，我扛不住了，瞇一下，有事叫我……」

「嗯。」夏侯澹握住她的手，「交給我吧。」

鼻端縈繞著夏侯澹身上的藥味，緊繃的神經終於鬆弛下去，她幾天以來頭一次陷入酣甜的沉眠。

但等她再一次睜眼，身邊卻空了。

耳畔傳來隱隱約約的交談聲：「……各守分土，無相侵犯。還有互通貿易，先用絲綢、瓷器與你們換一批狐裘、香料……詳細清單在這，你先回去看看，沒問題就等明日儀式吧。」

已經入夜，燭火的光芒映在床幔上。庾晚音悄然起身，撩起床幔朝外看去，夏侯澹正與圖爾對坐，身邊站著北舟。

圖爾捏著和談書讀了讀，又放下了，「我有個問題，我要以什麼身分與夏國結盟？新的燕王嗎？到時我再帶著夏國的援軍殺回燕國，去取紮櫂瓦罕的首級？這在百姓眼中與叛國何異？」

夏侯澹不緊不慢道：「當然不是，你不是紮櫂瓦罕派來的使臣嗎？」

圖爾：？

夏侯澹道：「明日盟約一簽訂，我們就會將這個消息傳遍大江南北，一路散播去燕國。就說紮櫂瓦罕誠意十足，為了和談竟派出了圖爾王子。夏國感念其誠心，將你奉為座上賓。如今兩國終於止戰，飽受戰火折磨的燕國百姓也會歡欣鼓舞。到時候……」

「到時候，紮櫂瓦罕若是為了開戰，翻臉不認這盟約，那就是背信棄義，為君不仁？」

夏侯澹笑道：「看不出你還能一點就通。」

圖爾：？

圖爾道：「我就當你是誇我吧。以我對燕國的瞭解，到了那一步，不等我回到燕國，擁護我的人就會先與紮櫂瓦罕打起來。我不想看見故土陷入內亂，要殺紮櫂瓦罕，就要速戰速決。你能借我多少人？」

夏侯澹似乎比了個手勢，從庾晚音的角度看不見。

夏侯澹道：「前提是你一回去就履行契約，將貨物運到邊境與我們交換。」

圖爾沉思半晌，鄭重點頭，「可以。」

他站起身，「今晚我能睡在上頭嗎？」

「不能。」夏侯澹毫不猶豫，「地道裡有床褥，北舟陪著你，去吧。」

庾晚音聽見圖爾咬牙的咯吱聲，「士可殺不可辱！」

夏侯澹道：「那你再殺我一次？」

圖爾深吸一口氣，趴到地上，往龍床底下的入口爬去。

庾晚音慌忙閉上眼裝睡。

等圖爾與北舟都下去了，夏侯澹又捂著傷口躺回她身邊，短促地出了口氣。

庾晚音湊過去貼著他咬耳朵，「你借給他的人手，是阿白嗎？」

她的氣息熱乎乎地拂過他的耳際與脖頸。夏侯澹偏頭看了看，莫名地記起了這兩瓣嘴唇的觸感，是柔軟的，又很有彈性，像是久遠記憶中的草莓軟糖。

他突襲過去，在她唇上啄了一口，「答對了，加十分。」

庾晚音老臉一熱，裝作若無其事，「阿白一個人就行嗎？」

夏侯澹又啄了一下，「扣十分，妳要在我面前提多少次阿白？」

庾晚音：「……」

別撩了，再撩你的傷口就該裂了。

庾晚音翻了個身背對著他，「睡吧，明早之前儘量多睡，有利於傷口恢復。」

夏侯澹卻不肯閉嘴：「妳不餓嗎？」

「我……睡眠不足沒食欲，我讓他們文火燉了粥，等夜裡醒了再去吃。」

「嗯。」

庾晚音在昏暗中睜開眼，望著床幔，「說起來，我有件事問你。」

在她看不見的地方，夏侯澹的身體僵直了。他沒有忘記，自己說過要對她坦白一件事。當時他還以為那會是自己的遺言。

庾晚音道：「你怎麼會知道珊依的匕首長什麼樣？」

夏侯澹：「……」

他聽見自己的聲音，熟能生巧、全自動化地蹦出喉頭：「調查過。當年替她收屍的宮人說的。」

「那……」

夏侯澹的指甲嵌入了掌心。

「那你在享殿裡認出圖爾之後，應該立即與他對質呀，說不定還能免去山上那場惡戰。」

似乎過了格外漫長的幾秒，夏侯澹接話了：「當時他殺紅了眼，對我的性命勢在必得，這種沒有物證的一面之詞，他聽不進去的。」

「但是後來——」

「後來他功虧一簣，內心不願接受落敗。我給了他新的復仇對像、新的人生目標，他自然願意相信了。」

靜夜中，夏侯澹涼涼的語聲裡帶了一絲嘲弄：「妳叫不醒一個裝睡的人，但可以把他餓醒。」

庾晚音嘆了口氣，「他殺了汪昭，我不願意同情他。但他跟珊依的故事也挺令人難過的。這世道，活著都是僥倖，能相守在一起更是奢求了。」

「我們不會的。」

庾晚音笑了笑，翻身回來鉤住他的手臂——本想熊抱的，卻顧忌著他那莫名的接觸恐懼症，只能循序漸進了。

夏侯澹這次沒有應激反應。或許是太虛弱了，折騰不動。但庾晚音總覺得自己享受到了特殊待遇，滿意了，「某種意義上，還得感謝這件事，否則我們這彎再繞下去，哪天一不小心死了，都沒來得及好好談一場戀愛。」

「戀愛……」夏侯澹無意識地重複。

她又有點不好意思，「罪過，我終究還是戀愛腦了。實在是見過生死無常，讓人突然有了今朝有酒今朝醉的衝動。」

夏侯澹不吭聲了。

庾晚音得不到回應，有點尷尬，碰了碰他，「你沒有一點同感嗎？哦，對了，你上山前好像立了個flag[2]，是要告訴我什麼事？」

「……妳不是還睏著嗎？先睡吧，改天再說。」

這日清晨天光熹微時，大夏的朝臣們已經頂著秋涼站在正殿外，等待早朝了。他們似乎比平時到得更早一些，卻無人開口寒暄。

沉默之中，一陣陰風吹過。

人群隱隱站成了兩撥，兩邊還偷眼打量對方。

看神態，太后黨是縮著脖子，人人自危；端王黨則是滿目戒備，如臨大敵。

當然也有個別例外，比如木雲。

木雲在縮著脖子的同時滿目戒備。

2 flag：在這裡有「不祥的訊號」的意思。網路流行語，「立flag」指說一句話或做一件事，為下面要發生的事做了鋪墊。

他是端王安插在太后黨裡的臥底，此時承受的是雙份的焦慮。

從前天到昨天，全城戒嚴，宮裡更是封閉得密不透風，無人進出。禁軍臨時換了新統領後，昨日在皇城內巡查了整整五遍，嚇得商戶早早收攤，百姓連出門都不敢。

是頭豬都能嗅聞到變天的節奏了。

木雲知道事情辦砸了——他把圖爾放去山上，圖爾卻沒能乾脆俐落地除去夏侯澹和太后。

從探子口中，他聽說邶山上運下來的死屍堆成一座小山，又被連夜匆匆掩埋。侍衛、燕國人、端王增派的援手，幾乎無人生還。

那場不祥的暴雨中究竟發生了什麼事？

皇帝和太后活下來了嗎？怎麼活下來的？

木雲不是沒有努力將功補過。昨天一整天，他裝作擔心太后的樣子，幾次三番託人放行，想進宮求見，卻都被攔下了。宮中對外宣稱，太后突發疾病，需要靜養。

不僅如此，皇帝自己也整整一日沒有露面。

木雲在端王面前絞盡腦汁分析：「多半是兩個人都受了重傷，性命垂危。殿下正可以趁此機會放手一搏，別讓他們中任何一方緩過這口氣啊！」

話音未落，探子報來了新消息：「宮裡照常在大殿上布置了席位，說是陛下有旨，明日早朝時跟燕國使臣簽訂和談書。」

木雲：「……」

木雲腦中一片空白。

夏侯澹放出這消息，彷彿在昭告天下一句話：贏的是朕。

皇帝若是無礙，為何不見人？

還有，哪裡來的燕國使臣？燕國人不是來行刺的嗎？不是死絕了嗎？夏侯澹打算從哪裡變出個使臣團？就算找人假扮，燕國不認，這盟約又有何用處？

與苦大仇深的胥堯不同，木雲是天生的謀士。他享受躲在暗處蜘蛛結網的過程，樂於欣賞獵物落網時還不明白發生了什麼事的驚愕與絕望。

有生以來第一次，他覺得這回的獵物竟是他自己。

夏侯泊當時笑了笑，有商有量地問他：「明天早朝，你說我該到場嗎？」

木雲頭皮發麻，「這……皇帝也許只是在故布疑陣，裝作無事，想拖住殿下。」

夏侯泊望著他，「萬一他真的無事呢？」

木雲：「……」

能從邶山全身而退，這瘋皇帝手上握著什麼深不可測的底牌嗎？

沒人能確定他現在的狀況。如果他傷情危重，端王大可以徐徐收網，送他賓天。但反過來說，如果他真的沒事，那收拾完太后，他轉手就該對付端王了。

木雲額上滲出些冷汗，「殿下不必太過擔憂，皇帝這些年裝瘋賣傻，不得人心，就算暗中培養過勢力，在朝中也根基未穩。現在他名義上控制了禁軍，可禁軍內部各自為營，若是真走到短兵相接那一步……並沒有太大勝算。」

端王麾下養了許多精銳私兵，又與武將們交好，就算沒有實際兵權，登高一呼也應者雲集。戰鬥力上，皇帝確實比不過。

夏侯泊點了點頭，「所以如果夏侯澹有腦子，想對我下手就會速戰速決，殺我一個猝不及防——而最好的機會，或許就是明日早朝了。你說對不對？」

那雙淡定的眸子又朝他平平掃來，彷彿真的在徵詢他的意見。

我完了，木雲心想。

以端王的縝密與多疑，自己辦砸了邶山之事，怕是被視為叛徒了。而叛徒的下場，他已經從胥堯身上見識過了。

事到如今，要怎麼做才能保命？

木雲在太后黨面前偽裝了多年結巴，頭一回真正地犯了口吃：「那……那殿上或……或許有詐……又或許沒有。」

他面紅耳赤，險些當場跪下求饒。

夏侯泊卻沒發作，也沒再為難他，甚至溫聲安慰了一句：「別太自責，你盡力了。」

他自行拿定了主意，「局勢不明，我就先稱病不出吧。」

殿門外，大臣們很快發覺端王缺席。

端王黨臉色都不好看。夏侯泊本人不來，氣勢上就輸了一截。

原以為幹倒太后就大功告成了，沒想到這麼多年，竟讓皇帝在他們眼皮底下悶聲發大財了。

端王黨恨得牙癢癢，早已暗下決心，等下上朝要死死盯住皇帝的一舉一動，就像群狼盯緊衰老的首領，只消對方露出一絲虛弱的跡象，便會一擁而上，咬斷他的脖子。

遠處傳來淨鞭三聲。

殿門大開。

夏侯澹閒庭信步似的走到龍椅前坐下，神色跟平日上朝時沒什麼差別——百無聊賴。

直到俯視眾臣行禮時，他突然露出一絲譏笑。彷彿被他們臉上的表情娛樂到了，無聲地放了個嘲諷。

眾臣：「……」

這笑容轉瞬即逝，他隨即憂心忡忡道：「母后突發疾病，朕實在寢食難安。唯有儘快定下盟約，消弭戰禍，才能將這喜事告於榻前，使她寬心。」

眾臣：「……」

你是怕她死得不夠快啊。

夏侯澹抬了抬手指，侍立於一旁的安賢開口唱道：「宣燕國使臣！」

燕國使臣緩步入殿。

木雲回頭一看，整個人都木了。

圖爾已經扯了絡腮胡，穿上代表王子身分的華貴裘衣，高大英武，走路帶風。他身後象徵性地跟了一隊從者，是夏侯澹臨時找人假扮的，因為真從者都死絕了。

除去極少數知情者，大臣們一看他的裝束就瞳孔地震，竊竊私語聲四起：「那不會是……」

圖爾越過眾人，朝夏侯澹躬身一禮，「燕國王子圖爾，見過大夏皇帝陛下！」

大臣們瘋了。

圖爾頂著幾十道顫抖的目光，大馬金刀地坐到和談席上。

負責簽盟書的禮部尚書也隨之上前，渾身僵硬，半晌才囁嚅道：「沒想到圖爾王子會白龍魚服，親自前來。」

圖爾偏過頭，隔著層層玉階與夏侯澹對視了一眼。

他此時是真正孤身一人，眾叛親離，身陷他國，四面楚歌。幸虧是個久經沙場的老狗，坐在那竟也穩如泰山，撐起了檯面，「實不相瞞，我是奉燕王之令前來，但先前隱藏身分是我擅自做主。我與夏國打過許多仗，卻從未真正踏上夏國的土地，看一看這裡的禮教與民風。」

夏侯澹和顏悅色道：「哦？那你此番觀察結果如何？」

圖爾道：「皇帝陛下在千秋宴上秉公持正，還我等清白。想來上行下效，主聖臣直，兩國的盟約定能長長久久。」

他睜眼說瞎話，滿堂臣子無一人敢嗆聲。

一方面是塵埃落定，再出頭也沒用了；另一方面，此時人人都是泥菩薩過江，自身難保，哪還管得了燕國是戰是和？

他們只從夏侯澹和圖爾的一唱一和中聽出一句潛臺詞：贏的是朕。

禮部尚書麻木道：「燕王與圖爾王子有此誠心，令人感佩。」

夏侯澹道：「開始吧。」

安賢便舉起和談書，當堂朗誦了起來：「上天有好生之德，一戎而倒載干戈……」

夏侯澹坐得很直。

他只能這樣坐著——他的胸前還纏著厚厚的紗布，為防傷口重新開裂，緊緊地裹了一圈又一圈，讓他的上半身幾乎無法活動。

早上出發之前，庾晚音幫他化了個裸妝，遮擋住了慘白的臉色。

然後她就匆匆離去了，要確認宮中的防衛、太后的情況、端王的異動。

庾晚音離開後，夏侯澹起身試著走了幾步路，問：「明顯嗎？」

北舟道：「太明顯了。你現在路都走不穩，而且一開口，傻子都能聽出你氣虛。聽叔的，還是再緩幾天……」

「緩不了了，夜長夢多。」

為了幫他爭取到一天的恢復時間，庾晚音幾乎在一夜間挑起了大梁。她像他預想中一樣勇敢，一樣果斷，可他沒有忘記，她也受了傷、殺了人，目睹了堪稱人間煉獄的慘狀。放到現代，她需要的是毛毯和心理醫生。

可他給不了。

他能做的只是不讓她的努力白費。

夏侯澹喚來蕭添采，「有沒有什麼猛藥，能在短時間內提神提氣的那種？」

北舟怒道：「不行！你知道你流了多少血嗎？不靜養也就罷了，再用虎狼之方，你還要不要命了！」

夏侯澹只望著蕭添采，「有，還是沒有？」

蕭添采猶豫道：「有是有，但正如北嬤嬤所言……」

夏侯澹道：「呈上來。」

北舟直到他出門都沒理過他。

安賢繼續念：「……各守分土，無相侵犯，謹守盟約，福澤萬民。」

落針可聞的大殿上，雙方按照流程蓋下了官印。

盟約達成。圖爾抬起頭，一字一句道：「願兩國之間，從此不再有生靈塗炭，家破人亡。」

就在這一刻，和談成功的消息飛出了皇宮，藉著文書、密信、民間歌謠，以最快的速度傳出都城，遍及大江南北，最終傳入了燕國百姓耳中。

一個月後，燕王紮櫂瓦罕會勃然大怒，將圖爾打為叛國賊子。至於和談書，那是賊子圖爾冒充使臣團，與夏國私自簽訂的，每一條盟約都置先祖的榮耀於不顧。他決然不認，還要割下圖爾的腦袋祭天，平息先祖的怒火。

趁著圖爾還未歸來，他會搶先一步圍剿一批圖爾的心腹。

餘下的圖爾擁躉會在沉默中爆發，斥責紮櫂瓦罕背信棄義，為君不仁，陷百姓於戰亂。他們迅速集結兵馬，要擁立圖爾為新的燕王。

兩個月後，圖爾會帶著夏侯澹借他的人手殺回燕國，與己方勢力裡應外合。混戰持續數月，最後以紮櫂瓦罕身死告終。

與此同時，圖爾會遵照約定，與大夏互通貿易。邊塞之地商賈雲集，漸漸有了物阜民安的繁華風貌。

即將隨著大批狐裘、香料一道運入大夏的，還有一車車燕黍。

此時的朝堂上，夏侯澹垂眸望去，透過圖爾，望見了含恨而亡的珊依，也望見了客死他鄉的汪昭。

目之所及，死去的人與活著的人，每一個都仰視著自己。他們在等待他開口。

他開口了：「朕年少時，尚未認清這個世界那會兒，做過一些扶危濟世的美夢。以為自己批批奏摺、下下決策，就能讓這國祚綿延，每一塊田地都豐收，每一戶人家都興旺。」

他迎著眾人的目光笑了笑，「後來那些年裡發生的事，諸位也都看見了。」

眾臣從未聽過他如此冷靜的聲音，他們從話音裡聽出外音：不演了，攤牌了。

這個開場白，是打算秋後算帳了啊！太后黨中那幾個熱衷於唬弄皇帝的文臣，此刻已經雙腿發軟，眼神飄向四周門窗，估算跑路的可能性。

夏侯澹能感覺到藥效在退去，胸口那股暖流逐漸消失，四肢百骸又變得僵冷乏力。腦袋裡熟悉的疼痛也回來了，拉著他的神志沉沉下墜。

他提了口氣，「有人說殺人安人，殺之可也；以戰止戰，雖戰可也。但坐在這張龍椅上，每一個罪人都是朕的子民。八荒之間，四海之半，所有的苦難都是朕的責任。還要用多少屍骨來安邦，多少殺孽來興國，朕不知曉，卻不可不知曉。這張龍椅於朕而言，便如荊棘做成。」

所有人都聽傻了。

夏侯澹道：「朕本不該在此。但既然坐上來了，想是天地間自有浩然之道。天生民而立之君，年少時發過的宏願，朕至今不曾稍忘。」

他的目光從一個個太后黨臉上掃過，又坦然望向端王黨。有一瞬間，木雲與他的視線相撞，雙眸彷彿被火炙烤，倉促地躲開了。

這皇帝的眼神還跟從前一樣陰鷙，卻又有什麼變了。說這席話時，他眼中的孤絕之意倒似是金剛怒目，自有天意加持，令人惶然生畏。

在這玄妙的一刻，有幾個敏感的臣子心中閃過一個天人感應般的念頭——或許世上是有真龍天子的。

夏侯澹收回目光，最後一笑，「幸而有眾位愛卿，吾道不孤。」

人群埋首下去，山呼萬歲。

皇帝這段話裡隱約藏著句潛臺詞：既往不咎，此後順我者昌，逆我者亡。

第十七章　風波初定

這天晚些時候，木雲混在一群同僚間，終於見到了太后。

他們幾乎不敢相認。

幾天前還正當盛年、雍容華貴的女人，此時口眼歪斜地倚在榻上，見到木雲，她整張臉都脹紫了，口齒不清地喊了起來，依稀是個「死」字。

木雲哭喪著臉跪下去，啪啪地掌自己的嘴，「臣該……該……該死！臣沒……沒料到那圖爾如……如此狡猾，竟與端王狼……狼狽為奸，躲……躲開了追捕……」

太后哪會讓他自搧幾個巴掌就混過去，恨得雙目暴突，還在嚷嚷著「死」。

跪了一地的臣子全部假裝聽不懂，喃喃地勸她鳳體要緊，寬心息怒。就連平日最得她信任的大宮女都一臉木然地立在一旁。

大宮女見到太后「中風」後口涎橫流的模樣，就知道大勢已去。

說來也巧，多年以前，那個威嚴的老太后就是中風後沒過多久就離世了。再往前，夏侯澹的生母慈貞皇后也是這樣早逝的。

這一次與那幾次的中風，因由是否一樣，大宮女不敢細想，也沒心思再猜，她此時只想著太后一倒，自己要做什麼才能保住這條小命。

太后扯著嗓子嚷嚷了半天，最後帶上了哭腔，喊的內容也變了，似乎是「救命」。空氣中泛起一股異味，她失禁了。

幾個臣子擠出幾句寬慰之言，勸她好生將養，便逃也似的倉皇告退。

走出宮門，幾人面面相覷，都是苦不堪言。

有人壓低聲音，暗含希望道：「聽陛下今日早朝說的話，似乎沒有清算的意思。他還有端王這麼個勁敵，想在朝中站穩腳跟，便需要培養自己的勢力……」

「你的意思是，他會拉攏我們？」

木雲半邊臉還高高腫著，聞言在心中冷笑一聲，擺出一臉誇張的畏懼表情，「趕……趕緊辭官吧。皇帝連……連弒母都不怕！」

另一個臣子愣了愣，「你說的也對，那一位遠非仁主，現在不清算是因為我們還有用，等他滅了端王之後呢？與其等他兔死狗烹，不如趁早告老辭官，才是真的保命之道啊。」

於是眾人各存心思，分道揚鑣。至於有幾人跑路、幾人找夏侯澹投誠，便只有天知道。

木雲不知道自己這番表現有沒有被端王的探子查到。他希望探子能如實彙報給端王，好讓自己洗清叛徒的嫌疑。

事情發展似乎如他所願，端王重新召見了他，還透露給他一則新情報：「我派人上邶山查看過了。享殿裡留下了幾個碗大的坑洞，不知是什麼武器打出來的。皇帝能逃出生天，應該是留了一手。」

木雲忙不迭出主意：「既然如此，不宜正面交戰，只能攻其不備，讓他來不及反擊。殿下還記得先前商量過的那個計畫嗎？」

夏侯泊沉默。

沉默就代表他記得，但還在猶豫。

木雲道：「殿下，此事宜早不宜遲，萬萬不能放任他坐大啊。」

端王為了名正言順，籌謀了這麼多年，想要藉圖爾之刀殺人卻又失敗，現在已經被逼到了不得不親自動手的境地。即使成功奪權，也落了個千古罪名。

木雲知道他在擔心什麼，「當然，咱們必須師出有名。我近日先派人在民間散播流言，說那場雷雨是因為皇帝弒母，蒼天降下警示。過些時日再照那個計畫行動，正好還有個呼應，百姓只會覺得暴君死有餘辜。」

良久，夏侯泊輕輕點了點頭。

滿朝文武惶惶不可終日的同時，被他們視作魔王出世的夏侯澹正在床上躺屍。

蕭添采開的猛藥只夠他撐到下朝，藥性一消就被打回了原形。

這一天冷得出奇，連日秋雨過後，寒風從北方帶來了入冬的氣息。北舟忙進忙出，指揮著宮人燒起地龍、更換羅衾，就是不理夏侯澹本人。

等餘人退下，他又自顧自地整頓起暗衛。

夏侯澹陷在被窩裡半死不活，「北叔。」

「……」

「北叔，給點水。」

「啪」的一聲，北舟冷著臉將一杯熱水擱到床邊，動作過大，還濺出了幾滴。

夏侯澹：「……」

庾晚音對外還得做戲做全套，表現得對情況一無所知。

出門之後，她被其他驚恐的妃嬪拉到一起，竊竊私語八卦了一番。又跟著她們到太后的寢殿外兜了一圈，請安未遂；到皇帝的寢殿外探頭探腦，被侍衛勸退。

一整套過場走完，她已經冷到感覺不到自己的腳趾了，搓著手念出最後一句臺詞：「看來是打探不出什麼消息了，咱們先散了吧。」

結果被一個小美人挽住了胳膊。

小美人巧笑倩兮，「庾妃姐姐不用急，最晚今夜就該聽到了。」

庾晚音道：「啊？」

一群人心照不宣地笑起來。又有人挽住她另一邊胳膊，悄聲道：「姐姐，太后病倒，現在沒人送避子湯了，正好加把勁留個龍種呀。」

「對對，我前日學了個時興的牡丹妝，可以為姐姐化上。」

「說什麼呢，庾妃妹妹容顏極盛，再去濃妝豔抹反而折損美貌！上次花朝宴上，那謝妃處心積慮塗脂抹粉，在妹妹面前不也像個笑話一般？倒是我這薔薇露不錯，妹妹妳聞……」

庾晚音：「……」

她想起來了，邶山之變發生前，這邊的宮鬥戲碼應該是剛演到自己復寵。

呼風喚雨的太后倒了，不僅前朝在地震，連帶著後宮也得抖三抖。

於是庾晚音搖身一變，成了重點巴結對象。

挽著她的小美人，父兄都是太后黨，自己從前又依附於淑妃，跟著踩過庾晚音。如今急得花容憔悴，生怕庾晚音一朝得勢，吹枕邊風報復自己，甚而累及娘家，所以忙不迭過來示好。

卻也有頭鐵的，覺得庾晚音小人得志，陰陽怪氣地勸了句：「那聖心一向易變，依我看，妹妹還是悠著點為好呢。」

庾晚音又想起來了，這原本似乎是一篇宮鬥文。

可她到現在也沒記全她們的名字。

禍國妖妃庾晚音面對著神態各異的眾人，醞釀了半天，憋出一句：「我覺得吧，這宮裡歷來比相貌、比家世，氣氛不太友好。」

眾妃：？

庾晚音道：「而且古來後宮平均壽命太短了，這種局面對大家都不利啊。我倒有個提案，以後可以引進一下乒乓什麼的，把競技精神發揮在有意義的地方，友誼第一，比賽第二，提高身體素質，關照精神健康。」

死寂。

半晌，挽著她的小美人問：「『乒乓』是什麼？」

等眾人散去，庾晚音又從地道折回夏侯澹的床底下。

剛探頭就被撲面而來的暖意撞得一激靈。

地龍燒得內室溫暖如春，頭頂傳來夏侯澹低低的說話聲：「……太醫不行的話你頂上，最好讓太后撐滿一個月。」

蕭添采道：「臣盡力而為。」

謝永兒的聲音響起：「我能問問為什麼嗎？」她語帶恨意，還記著太后的打胎之仇。

夏侯澹道：「不能。」

庾晚音趴在床底陷入沉思。

太后黨這兩天遞上來的摺子能把御書房埋了，討饒投誠的、告老辭官的、趁機告狀剷除異己的，堪稱群魔亂舞。夏侯澹全都仔仔細細地讀了，還預定分批召見他們。

現在回頭分析，她才想明白夏侯澹當時沒殺太后，還有另一層目的：留一個緩衝期，將太后的勢力平穩接手過來。

有端王這個大敵當前，己方勢單力薄，當務之急是在短時間內壯大隊伍。而此時最容易拉攏的盟友，正是那些即將失去利益的既得利益者——兵敗如山倒的太后黨。

此時妄動他們，是殺敵一千自損八百，平白給端王做嫁衣裳。那理想中的肅清朝野，只能留到日後徐徐圖之。

庾晚音雖然沒有親自跟那些臣子打過交道，但看過文中的描寫。那群人對著夏侯澹連哄帶騙、陽奉陰違，對外卻又打著皇帝的名號層層剝削、中飽私囊，種種陰招從未收斂過。僅僅作為旁觀者，她都恨不得快轉到秋後算帳。

但夏侯澹忍下來了。

無論是在邶山上命懸一線之際，還是現在聲威大震之時，他做出的所有選擇，仔細一想竟然都是最優解。

論心性，論眼界，都可以算是個優秀的帝王了。

——或許優秀得有點過頭了。

誰能相信這只是個剛穿來一年的演員？

謝永兒沉默了一陣子，後知後覺地品出了其中門道，嘀咕了一句：「狠人。」

對別人狠，對自己更狠。

夏侯澹道：「太后黨裡哪幾個是端王的臥底？」

謝永兒：「……」

夏侯澹道：「別猶豫了，回頭列個清單，老實交上來。妳已經跟我們在一根繩上了，這一波端王不死，死的就是妳，有什麼情報都主動點。」

謝永兒忍氣吞聲道：「知道了。」

蕭添采跟在謝永兒身後告退，走到無人處，腳步漸漸慢了下來，盯著謝永兒的背影。

「娘娘。」

謝永兒回頭。

半大少年欲言又止了半天，「妳不是說，被陛下的真情打動？」

夏侯澹剛才的表現，就差把「工具人」的標籤釘她腦門上了。

謝永兒望著蕭添采那不識人間疾苦的天真表情，苦笑一聲，道：「哪有那麼多人間真情。我只是臨陣倒戈，以圖苟且偷生，活到他們決出勝負罷了。」

這話說完，她自己聽著都慘澹到了難堪的地步。蕭添采愣在原地，明顯不知該如何反應了。

謝永兒撿起碎了一地的尊嚴，吸了口氣，「走了。」

身後追來一句：「等他們決出勝負……然後呢？」

謝永兒聽出他語聲中暗藏的期待。然而她這時已經意氣不再，也沒心思與任何男人周旋了。

她聳了聳肩，道：「大概是想辦法逃出去吧。」

蕭添采不吭聲了。

謝永兒茫然抬頭，望了望被殿簷切割出形狀的天空，「你說好不好笑，我一心想擁有這個天下，卻連這天下長什麼樣都還不知道呢。」

內室。

庾晚音從床底下爬了出來，「小會開完了？」

「開完了。」夏侯澹倚坐在床上。

庾晚音四肢回暖，整個人活了過來。她坐到床沿喝了口茶，皺眉望著夏侯澹，「是我的錯覺嗎，你的臉色怎麼比早上更差了？」

夏侯澹尚未回答，靠牆站著的北舟突然冷哼了一聲。

夏侯澹飛快地瞥了北舟一眼。這一眼的意思是：別告訴她我吃藥的事。

北舟更重地哼了一聲，走了。

庾晚音：？

夏侯澹道：「沒事，只是傷口癒合得比較慢。羌國的毒太厲害，能活下來都是奇跡了。」

庾晚音瞇眼打量著他，拖長了聲音：「澹總，你怎麼總有事瞞著我？」

這句話有沒有一語雙關，只有庾晚音自己知道。

夏侯澹僵硬地笑了笑，「哪有。」

不知不覺，庾晚音發現自己已經能從他的表情甚至眼神中看出許多門道來了。

昨日他剛從鬼門關回來，精神狀態卻出奇地平和。但現在，他那雙濃墨繪就的眼瞳又晦暗了下去，似乎在無聲地忍耐著什麼。

庾晚音道：「你頭又疼了？」

夏侯澹：「……」

夏侯澹問：「妳怎麼知道？」

「我知道的可比你想像中多。」

庾晚音沒能等到預想中的反應。夏侯澹根本不接招，裝傻充愣地一笑，「不愧是妳。」

庾晚音釣魚失敗，只得放棄這個話題，「躺下，幫你揉一揉。」

其實按摩並不能緩解他的頭痛，但他喜歡這個提議，欣然將腦袋湊了過去。庾晚音搓熱掌指，熟練地按上他的太陽穴，「閉眼。」

夏侯澹依言闔上眼假寐。

窗外風聲呼嘯，襯得室內越發靜謐。

不知過了多久，夏侯澹輕聲開口：「妳還好嗎？」

「我？」

「山上死的那些人——」他閉著眼，似乎在斟酌措辭，「他們無論如何都會死的。就算完成了任務，也會被端王滅口。所以，他們的死不是妳的錯。」

庾晚音的動作慢了下來。

她有點啼笑皆非，「你在幫我做心理疏導？」

夏侯澹睜眼望著她，那眼神說不出是什麼意思。

「咱明明經歷了一樣的事啊，要疏導也該互相疏導。」她輕輕拍了拍他的額頭，「也不是你的錯。」

夏侯澹仍舊不錯眼地盯著她，久到庾晚音開始覺得莫名其妙。

她摸了摸自己的臉，「有東西？」

「沒有。」夏侯澹終於移開目光，「身上有點香。」

「香？」庾晚音低頭嗅了嗅，笑了，「你那些好妃子幫我灑的薔薇露。」

「為什麼要幫妳灑？」

庾晚音想起那句「加把勁留個龍種」，老臉一熱，「不為什麼。」

「說啊。」

「頭不疼了？那我先走了。」

夏侯澹連忙扯住她的裙擺，「別別別，我不問了……」

暗衛捧著密信趕到門口時，看到的就是這樣一幕：重傷在床的皇帝，在用生命跟妖妃玩一些拉拉扯扯的遊戲。

暗衛腳下一頓，正要原路退下，夏侯澹卻瞥見了人影，「何事？」

庾晚音連忙站直了。

暗衛道：「白先生有信。」

庾晚音道：「阿白？」

暗衛呈上信件，詫異地看了庾晚音一眼，見她毫無迴避之意，而夏侯澹竟也沒趕她，不禁腹誹。他專門負責為夏侯澹傳信，每次時隔月餘回宮一趟，都發現這妃子的地位又有顯著提升。

她究竟有何過人之處，能讓多年不近女色的陛下迷了心竅？

夏侯澹已經拆開了信封，抽出信紙掃了一眼。

暗衛聽見他居然向庾晚音解釋：「我讓阿白派人去幫圖爾，他回信說照辦了。」

「派人？」

「……他的江湖兄弟。」

庾晚音恍然大悟，「這就是你給阿白的任務？你許諾給圖爾的援軍，就是一群江湖中人？等等，阿白不是今年剛出師嗎，他是怎麼號召到那麼多人的？」

夏侯澹：「……」

夏侯澹語焉不詳，「他有他的法子吧。」

庾晚音道：「阿白還挺厲害。」

夏侯澹抿了抿嘴，沒接話，又將信封開口朝下抖了抖。裡面先是照例掉落下幾枚藥丸，接著是一個意料之外的東西。

一枚銀簪，雕成飛鳥振翅的樣子，末端垂落下來的卻不是穗子，而是兩根長長的羽毛。

這明顯不是送給皇帝的。

夏侯澹的嘴角沉了下去，「雲雀。」

他將簪子遞給庾晚音，「給妳的，他說妳生日快到了，這是賀禮。」

暗衛的眼都直了。這麼刺激的場面真的是他能看的嗎？當著皇帝的面，送禮給皇帝的女人？

暗衛心驚膽戰地偷看庾晚音。

庾晚音哭笑不得，「他可真不怕死。」

不是啊這位妃子，妳怎麼還有閒心管人家怕不怕死，妳自己不怕死嗎？

庾晚音將簪子拿在手裡掂了掂，見夏侯澹一臉「妳敢簪上我就殺了阿白」的表情，忙擱到一旁，勸道：「莫生氣，他對我沒那個意思，江湖人不懂規矩，拿我當朋友呢……」

夏侯澹陰沉道：「一共只相處過幾天，這就交上朋友了。」

庾晚音聞著醋味居然樂了，心想：你當初還裝什麼大氣，總算裝不下去了。

暗衛窺見她嘴邊的笑意，心梗都要發作了。

庾晚音俯下身湊到夏侯澹耳邊道：「陛下。」

夏侯澹被她吹得耳朵發癢，將頭偏到一旁。庾晚音跟個千年狐狸精似的，窮追不捨纏著他，幽幽道：「陛下……他只是我的妹妹。」

夏侯澹：「……」

暗衛：？

妳剛才說什麼？

庾晚音魔音貫耳：「他說紫色很有韻味。」

夏侯澹：「……」

夏侯澹沒憋住：「噗。」

暗衛麻木地心想：這或許就是下蠱吧。

夏侯澹躺屍了一天，字面意義上回了點血，第二天終於能勉強起床，立即人模狗樣地出去跟太后黨打機鋒了。

庾晚音睡了個久違的懶覺，起床後熟能生巧地換了男裝，帶著暗衛低調出宮，確認無人盯梢後，默默出了城門。

都城郊外的墓地上新增了一座石碑，碑前的土坑還未填上，旁邊停著一口空蕩蕩的棺槨。

庾晚音下車時，眼前已有數人等候：李雲錫、楊鐸捷、爾嵐，還有一對素未謀面的老夫婦。

寒風比昨日更凜冽，吹得眾人袍袖飄蕩。那對老夫婦身形佝僂，互相攙扶著，望向眾人的雙目浮腫無神，似乎雖然張著眼，卻並未注意到身處何處。直到庾晚音上前，那老婦人才略微抬起頭來，囁嚅道：「諸位……都是我兒的同僚？」

為避開端王的眼線，所有人出城前都喬裝打扮過，也不能自報真名。就連這座碑上刻的，都只是汪昭入朝時用的化名。

楊鐸捷上前道：「伯父、伯母，我們都是汪兄的至交好友，來送他一程。」

其實要說好友也算不上。

汪昭這人像個小老頭，平時說話字斟句酌，沉穩到了沉悶的地步，沒見他與誰交過心。何況他入朝不久後，就隻身遠赴燕國了。

老夫婦聞言卻很欣慰，「好、好，至少有這麼多朋友送他。」

老夫婦顫顫巍巍地打開隨身的包袱，將一摞衣物放入棺槨，擺成人形。

侍衛開始填土的時候，庾晚音鼻尖一涼，她抬頭望去，天空中飄下了今年的第一場雪。

李雲錫今早咬牙掏錢買了壺好酒，此時取出來斟滿了一杯，唱道：「湛湛江水兮上有楓，目極千里兮傷春心。魂兮歸來，魂兮歸來！哀江南……」

老夫婦在他沙啞而蒼涼的吟唱中悲號起來。

庾晚音站在一旁默默聽著，突然想起很久以前的某一天，自己用大白嗓哼小曲，被汪昭聽見了。汪昭當時糾結了半天，點評了一句：「娘娘唱出了民生多艱。」

那就是他們唯一的交集了。

汪昭是怎樣的人、生平抱負是什麼、有沒有過心上人、臨死望著夏國的方向想些什麼，她一概不知。

只知道天涯路遠，青塚無名。

李雲錫唱完，將杯中酒傾灑到塚前，道：「汪兄，霄漢為帳，山川為堂，日月為炬，草木為梁，你已回家了。」

餘人也接過酒壺，依次相酬。

李雲錫最後又倒了一杯，「這是岑兄託我敬你的。」

庾晚音將地方留給老夫婦哀悼，示意幾個臣子走到一旁。

她低聲問：「岑堇天怎麼了？」

李雲錫道：「不太好。」他嘆了口氣，「昨日聽說燕黍有著落了，他還很高興，約了今天來送汪兄的。今天卻起不了身了。」

庾晚音回宮時，夏侯澹已經見完了兩撥人，還帶回一則新聞：「庾少卿在想方設法遞話給妳。」

庾晚音神思不屬，「庾少卿是誰？」

「……妳爹。」

「啊，差點忘了。」

「大概是在端王手下混得不好，看我這裡有戲，想抱妳的大腿求個新出路。這人在原作裡就是個路人甲吧？要不然給他個……」夏侯澹語聲一頓。

庾晚音望向他。

夏侯澹問：「妳哭過？」

「沒有。」庾晚音的眼眶確實是乾燥的。她忘了自己多久沒哭過了。

她說了岑堇天的事。

夏侯澹提醒道：「他原本就是要病死的。」

「但原作裡他至少活到了夏天，旱災來了才死。」

「那是因為他以為能看見豐收，吊著一口氣呢。現在他知道有旱災，也知道百姓能挺過旱災，不就沒掛念了。」夏侯澹語聲平靜，「對他來說是HE[3]了。」

庾晚音有些氣悶。

3 HE，Happy Ending 的縮寫，大團圓結局。

她想說這怎麼能算HE呢，他們當初明明許諾，要讓岑堇天活著看見河清海晏、時和歲豐。然而在用這句話換取他的效忠時，他們就心知肚明，時間多半是來不及的，這願景註定只能是個願景。

但她還沒出口，夏侯澹卻像是預料到了她的臺詞，用一種教導孩子般的口氣說：「晚音，千萬不能忘了他們是紙片人，記住這一點，否則妳會被壓垮的。」

當那蒼涼的歌聲和悲號還縈繞在耳際時，「紙片人」這個詞就顯得格外刺耳了。

庾晚音脫口而出：「你在邶山上聽見汪昭的死訊時，不是這個反應啊。」

夏侯澹的眼神有剎那的沉寂，「所以我也得提醒自己。」

庾晚音啞口無言。

夏侯澹似乎認為話題自動結束了，「最近外頭很危險，不要再出宮了。想探望岑堇天，可以派人去。哦，對了，要召妳爹進宮來見嗎？」

「不見。」庾晚音深吸一口氣，「我不見他，他就永遠是個紙片人。」

夏侯澹：「……」

夏侯澹忽然記起，自己曾經向她保證過，她永遠都不需要改變。

是他食言了。

他不想看她痛苦，所以試圖剝奪她感知痛苦的權利。

過了好幾秒，夏侯澹輕聲問：「晚上吃小火鍋嗎？」

「……啊？」

夏侯澹笑了笑，「妳不是一直想湊齊三個人，吃小火鍋、打牌嗎？現在有謝永兒了，我把北叔也拉來，咱們可以教他打牌。」

庾晚音強迫自己從情緒中走出來，「你傷口還沒好呢，不能吃辣吧？」

「可以做鴛鴦鍋。」夏侯澹對小火鍋有種她不能理解的執念。

天黑得很快，宮燈暗淡的暖光照出紛紛揚揚的白雪。

庾晚音去偏殿找謝永兒了。為防端王滅口，謝永兒現在對外稱病不出，其實一直獨自躲在夏侯澹的偏殿裡，整日裡連個說話的人都沒有。

夏侯澹跟著走到庭院中，揮退了撐傘的宮人，轉頭望向北舟所在的房門，腳步卻遲遲沒動。

不知過了多久，他拂去肩上的落雪，上前敲了敲門，「叔，吃火鍋嗎？」

門開了，北舟面無表情地看著他。

當朝暴君低眉順眼，「別生氣了，當時吃藥也是別無他法。」

北舟無聲地嘆了口氣。

夏侯澹道：「……叔。」

頭頂一重，北舟在他腦袋上按了一下，「我說過，你是南兒的孩子，就是我的孩子。

叔在這世上無親無故，費盡力氣護你周全，可不是為了什麼家國天下。你再為這勞什子皇位多折一次壽，叔就把你綁著帶走，丟去天涯海角度過餘生，聽懂了嗎？走吧。」

北舟不等他回答，自行走了。

夏侯澹還低著頭站在門邊。

庾晚音穿來的時間太短，還沒見過足夠的生離與死別，不明白他人的善，最終都是灼身的火。

小火鍋咕嘟作響，北舟吃得直抽氣。

庾晚音招呼謝永兒：「站著幹什麼？幫忙下鍋。」

謝永兒還是茫然的。她沒想到自己穿來之後第一次吃上火鍋，竟是在這種情況下。

她面前的狗男女已經自顧自地聊了起來，似乎在交流今天的新情報。

夏侯澹道：「民間已經有傳言了，說太后是我害的，那場雷雨是對我為君無道的天罰。」

庾晚音道：「好傢伙，端王黨散播的流言吧？這是要打輿論戰的節奏啊。不要蔥，謝謝。」

夏侯澹道：「也可能是殘餘的太后黨。蝦滑要下紅鍋嗎？」

北舟抬頭插言：「誰在傳這些，我去抓一個宰了，殺一儆百如何？」

「不行。」庾晚音和謝永兒異口同聲。

庾晚音：？

資深追星女謝永兒道：「輿論戰我懂啊，封口只會適得其反。要用魔法打敗魔法，你也找些人去街頭巷尾，說端王不仁不義，派人去邯山暗殺你和太后，幸而你是真龍天子，洪福齊天，天降九九八十一道閃電，劈死了所有刺客。」

夏侯澹沉默了一下道：「有點浮誇。」

庾晚音贊同道：「確實。」

「百姓不怕浮誇，魚腹藏書他們都信，越浮誇傳得越廣。」謝永兒侃侃而談，「夏侯泊一直不反，你們知道為什麼嗎？他這人其實一直堅信自己是天降正義、大夏救星，所以執著於師出有名。現在這些流言，聽上去是他逼不得已要親自動手了，其實是在做鋪墊呢。」

「啪啪啪」，庾晚音鼓起了掌。

「永兒，端王能折騰這麼多回合，原來都是因為有妳撐著。」

謝永兒不太自在地笑了笑，「他段位比我高多了。」

「那是因為妳心中有情，妳比他像個人！」

夏侯澹沉吟：「既然如此，我們也不能無緣無故突襲他，否則弒母加弒兄的罪名扣下來，日後朝中人心不穩。」

庾晚音道：「按照胥堯書中所記，有兩種刺殺你的方案，都是在太后死後的。一個在靈堂裡，一個在出殯時。但如今局勢變了這麼多，端王會選哪種，又或是都不選，我也說不好。我覺得應該先針對這兩個方向做好防備，端王那邊也派人盯緊了，一旦他有異動，我們就能抓個現行，名正言順地把他辦了。」

提到胥堯的書，謝永兒的耳朵動了動，抬頭望向庾晚音，「說起來——」

「怎麼？」

「妳上次告訴我，胥堯記錄的計畫，跟我最初的提議都有些出入。」謝永兒越說越慢，「但妳是怎麼知道……」

妳是怎麼知道我最初的提議的呢？我明明只告訴了夏侯泊一個人，難道以他那完美反派的做派，竟會轉頭說給妳聽？

當時她被突如其來的衝擊攪亂了思緒，沒想到這一節。這幾天情緒逐漸平復後，這個問題一次次地浮上心頭，又被她一次次地壓下去。

她不確定自己是不是真想知道答案。

庾晚音飛快地與夏侯澹對視了一眼，神情如常，拍了拍她，「也是胥堯倒戈後告訴我的。妳那些提議，端王都找胥堯商量過。」

「啊。」

內心深處，謝永兒覺得這個解釋也有牽強之處。但如果不是端王，也不是胥堯，難道庾晚音還真開了天眼嗎？

——天眼。

謝永兒忽然有種奇怪的感覺：不該再順著這個方向尋覓下去了，否則最終找到的，不會是自己喜歡的真相。

肩上一緊，庾晚音攬住了她，「妹妹，男人這種東西，天涯何處無芳草，回頭我們去別處找。」

夏侯澹莫名其妙地看了庾晚音一眼。

夏侯澹問：「這也是妳的妹妹？」

在某人的有意控制下，太后的病情反反覆覆，吊著不少人的心上上下下。直到整個太醫院輪番請罪了一遍，事實終於逐漸明朗：她是真的好不起來了。

就在這數日之間，太后黨樹倒猢猻散。幾個出頭的被褫了，一批辭官的獲准了，剩下的囫圇併入了皇帝麾下，連官職都沒什麼變動。

那些空出來的位子，被新人填補了。

爾嵐和李雲錫都升了職。

楊鐸捷終於揮淚告別欽天監，轉頭敲鑼打鼓入了吏部。

許多平日裡被各部壓在底層悶頭幹活的小官吏，此番都被悄然提了上去。

一切發生得無聲無息，甚至因為過於平靜，讓人少了幾分風暴過境的實感。

為此，渾水摸魚的炮灰們還在感慨皇帝走了狗屎運，那些入局最深的聰明人卻已經生出幾分膽寒。

他們感受不到風暴，是因為風暴都被扼殺在青之末。

先前只知道端王是個人物，現在才驚覺，原來還有更狠的在上頭。

單看誰升官、誰丟命，就能發現皇帝裝了這麼多年瞎，其實看得比誰都清楚。他像一條最劇毒、最狡詐的蛇，在有十足把握前可以澈底僵死，任人踢打踩踏都絕不動彈。但等你瞧見他露出獠牙，你就已經是個死人了。

於是恐懼的更恐懼，膽大的卻生出了別的心思。

朝中不乏恃才之輩，只是在這烏煙瘴氣中熬到今天，基本都心灰意冷了。此時太后一倒，風向隨之一變，他們隱約嗅到了大展宏圖的希望。

甚至連端王黨中都有幾個冒險跑來找皇帝投誠的。他們以前哀嘆生不逢明主，只能將希望寄託在端王身上，等著他取而代之。如今一看，倒也不用費這個周章。

就這樣，隨著太后黨的消失，朝中多出了一批擁皇黨。

木雲急了。

木雲一心要保住在端王手下的地位，混在太后黨中找皇帝磕了頭、表了態，轉頭就忙不迭地吩咐手下，加大力度傳播流言，務必讓暴君無道的形象深入人心。

他為端王幹了這麼多年髒活，自認為熟能生巧，天衣無縫。結果忙完一天剛回家，等待他的卻是一道聖旨。

夏侯澹隨便找了個罪名，將他革職查辦了。

木雲大驚失色，想破腦袋也沒明白自己在何處露出了馬腳。直到聽說端王手下的其他臥底也被一鍋端得乾乾淨淨，他才恍然大悟——有人把名單列給夏侯澹了。

「謝——永——兒！」木雲將這幾個字咀嚼出了血味。

與此同時，端王黨正在進行這個月的第十八次緊急會議。

臣子們著急上火，千方百計暗示端王該動手了，皇帝在飛速成長，晚一天動手就少一分勝算。

夏侯泊面上一派莊嚴，優雅的眉目間隱現憂愁，「陛下雖然為君有過，畢竟仍是本王的親生兄弟。他不仁，我卻不可不義。正所謂得道多助，失道寡助，我若與他一樣不擇手段，又怎麼對得起諸位的拳拳之心？」

臣子們熱淚盈眶：「殿下！」

夏侯泊溫聲勸慰：「諸位務必少安毋燥，多行不義必自斃，要相信他的因果報應很快就來了。」

夏侯泊送走臣子們，大門一關，喚來死士：「按照計畫去布置。」

死士道：「殿下，聽說謝妃已經倒戈，她又常能未卜先知，會不會將我們的計畫也報給皇帝？」

夏侯泊微笑道：「以前她出的主意，我在實行時都會改變一些小小的細節，她並不能察覺。這次也一樣，我會在計畫當日，臨時讓你們去多辦一件小事。」

他揮退眾人，低頭拉開床頭的暗格，取出一個繡工粗糙的香囊，捏在修長的手指間晃蕩兩下。

如果謝永兒真有天眼，就會發現他手中把玩的香囊，並不是自己所繡。

庚晚音打了個噴嚏。

她正在翻奏摺。

夏侯澹最近拖著尚未痊癒的傷口，成日撐出生龍活虎的樣子與人周旋，往往一回寢殿就直接躺下了。庾晚音為了減少他的工作量，坐在床邊一封封翻奏摺，一目十行地掃過去，總結道：「章太傅歌功頌德了三百字，重點是誇了句自己的姪子。」

夏侯澹道：「呸，他姪子是個智障，晾著吧。」

庾晚音將它丟到「不重要」的那一堆，又翻到下一封，笑了，「李雲錫的。」

自從朝中開始變動，她就沒見過李雲錫等人了。

夏侯澹不再與他們私下接觸，還特別告誡幾人，眼下正值多事之秋，少與人議論皇帝，更別讓自己成為擁皇黨裡的出頭鳥。

李雲錫已經在朝堂中摸爬滾打了一些時候，也懂了些好歹。收到夏侯澹的告誡，他奇跡般地領會了用意：皇帝對勝利並無絕對把握。萬一最後贏的是端王，皇帝也要儘量保住這一批臣子，確保端王得勢後不因記恨而毀了他們。

李雲錫感動得潸然淚下，卻又不能進宮謝恩，最後洋洋灑灑寫了張陳情表，恨不得磕出點血塗上去。

庾晚音看得直樂，「有幾個字都糊了，不會是邊哭邊寫的吧哈哈哈……」

笑聲戛然而止。

夏侯澹轉頭望向她：「怎麼了？」

庾晚音盯著奏摺，「他說岑堇天快不行了，想再見你一面。」

耳邊傳來窸窸窣窣的聲音，夏侯澹坐了起來，正視著她，「我現在不能出宮。」

「我知道，那我——」

「妳也不能去。我那天就說了，外面不太平。」

庾晚音急了，「我剛想起來，我可以帶蕭添采去看他啊，就算治不好他，哪怕讓他走得舒服點呢？當初是我們讓他入朝的！」

「那讓蕭添采自己去，妳別去。」

「蕭添采這人只跟謝永兒一條心，對你我可是挺有意見的，萬一他唬弄我們……」

「晚音，」夏侯澹打斷了她，語氣是從未有過的強硬，「別去。岑堇天有什麼遺言，可以讓人轉達。」

庾晚音不認識般愣愣地看著他，半晌才輕聲問：「你想讓他也在死前望著皇宮的方向嗎？」

有床幔遮擋，夏侯澹的臉龐隱在陰影中，蒼白而模糊，讓她突然回憶起了初見之時，自己得知他身分之前的恐懼。

他的語氣也像那時一樣疲憊，「等我下了地獄再還他的債。」

庾晚音還是出了宮。

傍晚，趁著夏侯澹召見別人，她帶上蕭添采與暗衛，熟門熟路地溜了出去。暗衛早已習慣她在宮中為所欲為，根本沒想過她這次竟是抗旨。

他們照常確認了無人尾隨，庾晚音擔心夏侯澹發現後派人來追，催著馬車直奔岑堇天的私宅。

那片熟悉的試驗田已經被積雪掩埋，看不出作物的模樣。

出來迎客的是一個出乎她意料的人——爾嵐。

爾嵐見過庾晚音男裝，一眼認出了她，「娘娘，岑兄病重，又無親友在身邊，我來幫忙。」

庾晚音顧不上寒暄，忙把蕭添采推了進去，「讓他幫岑大人看看。」

蕭添采不情不願地搭上了病人的脈。

岑堇天費力地撐開眼簾，望見庾晚音。他面現急切，略去所有虛禮，用僅存的力氣道：「娘娘，燕黍在各種田地的耕種之法，我已寫入冊中……」

爾嵐將冊子遞給她。

岑堇天曾說過這玩意需要兩三年才能試驗出來，不知他用了什麼法子，竟趕出來了。

庾晚音鄭重道：「放心吧，圖爾答應了一到燕國就將貨物運來，開中法也在照常實行，開春時全國的農戶都會種上燕黍。」

岑堇天道：「倉廩……」

庾晚音道：「戶部檢查過各地倉廩儲備了，旱災一來，怎麼調劑賑災都已有數。等到旱災過去，還會讓各地照著你的冊子調整作物種類。」

「陛下……」

「陛下一切安好。他很掛念你，無奈身不能至，讓我代勞。」庾晚音張口就來，「他讓你好好養病，等明年田裡的燕黍成熟時，咱們一起去看。」

岑堇天面露微笑，慢慢頷首。

蕭添采診完了脈，回身將庾晚音拉出了屋，低聲道：「沉屙難愈，應該是出生就帶了惡疾，拖到現在，已經無力回天了。」

庾晚音心中一緊，還不肯放棄希望，疑心他沒有使出全力，又不知該如何求他，只能深深躬身，「蕭先生。」

蕭添采大驚：「娘娘使不得！」

庾晚音道：「屋中那位，是所有大夏百姓的恩人，求蕭先生讓他多活一些時日，哪怕看到一次豐收也好。」

蕭添采沉思了片刻，道：「只是多活幾個月的話，或許有法子。」

庾晚音正要高興，又聽他道：「但我有個條件。」

「什麼？」

「我見陛下對娘娘甚是信任，等他解決了端王，娘娘能不能在陛下面前美言幾句，讓他放謝妃自由離開？」

庾晚音：「……」

她肅然起敬，「蕭先生真是情深似海。」

斯文少年被這用詞噎了一下，尷尬得手腳都不知往哪擺，「不是那個意思！我只是見她鬱鬱寡歡，心中……算了，娘娘就說行不行吧。」

「行，當然行，別說放走謝永兒，就是把你一起放走也行，你們可以紅塵做伴活得瀟瀟灑灑，策馬奔騰共擁人世繁華。」

蕭添采道：「……我並不……」

蕭添采道：「謝娘娘。」

蕭添采去開藥方了。

庾晚音望著那片積雪的田地，聽見身後靠近的腳步聲，微微偏了偏頭，「蕭先生很厲害，應該能讓他多活幾個月。」

爾嵐道：「嗯。」

她們同時陷入沉默，並肩望著空曠的雪地。

庾晚音小聲問：「岑大人知道妳是女兒身嗎？」

這是她第一次說破這個事實。

爾嵐平靜地搖搖頭，「他只當我是好友。」她自嘲一笑，「他都這樣了，何必再讓他平添煩惱呢。」

庾晚音聽出來什麼，有些震驚，「妳對他——」

爾嵐沒有否認，「我的心思是我自己的事。」

她察覺了庾晚音的難過，笑著摸了摸後者的頭。

爾嵐生得高挑，眉目間暗含英氣，扮作疏闊男兒也毫不違和。此時低低說話，才顯出女兒音色：「我生於商賈人家，幼時有神童之名，過目不忘。父母家境殷實，也就隨我跟著兄弟一道念書。長到十五歲，我才發現身為女子，讀再多聖賢書都沒用，我還是得嫁給一個木訥男人……」

庾晚音愣了愣，沒想到她還結過婚。

但轉念一想，爾嵐看上去有二十五六，放在這個時代，再過幾年都能當奶奶了。

爾嵐道：「後來男人死了，我在家中守寡，成了左鄰右舍的談資。他們這一天若是沒別的可聊，就聊我是不是又穿得太俏、多看了哪個男人一眼。終於有一天深夜，我跳入了河中，想著如果不能游到對岸，就死在河裡。」

「我游過去了。於是我繼續往前走，再也沒有回頭。走啊走啊，到了都城，遇到了你們，入了戶部，幹了好多事……」

她深吸一口冰涼的空氣，「等到局勢穩定，四海清平，也就到了我退隱之時吧。」

庾晚音明知故問：「為什麼？」

「妳能看出我是女人，別人遲早也能看出。與其等到那時被人參本，不如急流勇退，再尋一處山清水秀的地方度過餘生。有此一遭，我終於也算活過愛過，再無遺憾。」

爾嵐轉頭看著庾晚音，「其實，汪兄、岑兄一定也不遺憾。所以不要傷懷了，晚音。」

第十八章　封后

蕭添采要留下煎藥，庾晚音卻怕夏侯澹著急，便將他留在岑堇天處，自己先回宮了。

——也幸好她如此決定。

馬車行到半路，窗外傳來暗衛的聲音：「娘娘，後頭有人尾隨上來了。」

「是陛下派的人嗎？」這是庾晚音的第一個反應。

暗衛道：「不是。來者不善，咱們得快點回去。」

馬車驟然提速，疾馳一陣，又猛然急停。庾晚音整個人向前撲去，撞上了車廂木壁。

窗外傳來紛亂打鬥聲，暗衛低叱道：「刺客！」

馬嘶聲。

來人在混戰中砍斷了車靷，受驚的馬匹絕塵而去，將庾晚音的馬車留在包圍圈中。

車廂一陣搖晃，庾晚音勉強穩住身形，摸了摸藏在袖中的槍，抬手將車簾掀開一角朝外窺探。

天色已經昏暗下來，街上的百姓早就逃了個乾淨。來者有十餘人，蓬頭垢面似是地痞，然而與訓練有素的暗衛纏鬥在一起，竟完全不落下風，還堵住她所有逃跑的路徑。

是衝著她來的。

她失算了，帶的人手也遠遠不夠，沒想到對方會囂張到明目張膽當街殺人。

自己如果死在這裡，夏侯澹會是什麼反應？

暗衛寡不敵眾，一時不防，讓人越過防衛躥上了馬車。來人砍倒車夫，「唰」地撕扯下簾布，縱身躍上車廂，瞧見庾晚音，舉刀便朝她砍來！

庾晚音腦中一片空白，反射性將手縮入袖中握住了槍——

對方的身形凝滯了一瞬，眼珠子朝下一轉，目光隨著她的手部移動——

庾晚音已經抽出槍來，對準了他的腦門——

就在這千鈞一髮之際，她詭異地頓住了。

不對。

她這一頓，對方竟也隨之一僵，甚至半途收刀橫於胸前，那是個下意識的防衛動作。

不對！

這個念頭尚未完全成形，她的身體反應卻比腦子更快，像是從數次死裡逃生中練就了玄妙的本能，肌肉死死繃緊，硬生生止住了扣動扳機的動作。

下一秒，破空之聲傳來，那人胸口透出一枚染血的箭頭。

庾晚音的槍重新滑入袖中。

面前的刺客雙目暴突地瞪著她，搖晃一下，倒了下去。

他這一倒，車廂門口再無遮擋。庾晚音喘息未定，看清了車外站著的人。

夏侯泊一身白衣，長髮半束，玉樹臨風地立在街上，手中穩穩握著一張雕弓。顯然剛才那一箭就是他射出的。

夏侯泊也看清了車廂裡的人。

她做男裝打扮，兩手空空，嚇得面色慘白。

四目相對，只一個眼神，庾晚音就知道端王已經透過這層偽裝識出了她——或者不如說，他早在出手之前就知道車裡是她。

夏侯泊聲音安定：「何方狂徒目無王法，竟敢當街傷人？」他吩咐手下，「全部抓起來，將車上那屍身也拖下去，莫讓這位公子受驚。」

他的手下領命助戰，幫著庾晚音的暗衛，三下五除二解決了那群「狂徒」。接著走到車前拖走了屍體，又恭恭敬敬將庾晚音扶了下來。

庾晚音道：「……多謝端王殿下相救。」

夏侯泊故作不識，笑道：「妳認得本王？俗話說救人救到底，公子的馬車壞了，眼下天色已晚，不若讓本王載妳一程。」

哦，原來如此。

庾晚音腦中那個閃電般冒出的念頭，到此時終於轉完了。

方才那個刺客的表現，似是早就料定了她藏有武器，而且還對這武器的威力有所提防。

但他怎麼可能知道她有槍？她的子彈在這世上留下的僅有的痕跡，是在邶山上，而當時她明明喬裝打扮了……

——邶山。

誰會去費心調查邶山上的痕跡？就算看見彈孔，常人頂多懷疑到夏侯澹頭上，誰會想到那痕跡可能與她一介宮妃有關？

答案就站在她眼前，正對她微微含笑。

夏侯泊指了指自己的馬車，「公子，請。」

這是一齣自導自演的大戲。殺她的和救她的，都是端王安排的人。

他們顯然不是想要她的命，否則也不用繞這麼大彎，直接砍死她就完事了。如果她沒有猜錯，整這一齣戲都是為了逼她出招自保，以便摸清她帶沒帶武器、這武器有何祕密。

端王在試探她，也是在試探夏侯澹的底牌。

但到目前為止，他沒能試出來。

庾晚音笑了笑，「那就有勞殿下了。」

她飛快地與暗衛交換一個眼神，用眼色示意他們不要妄動，便從容登上了端王的車。

馬車徐徐起步，夏侯泊坐在庾晚音身旁，笑問：「公子家在何處？」

「殿下說笑了。」庾晚音直接攤牌，「請送晚音回宮吧。」

夏侯泊便也不裝了，「晚音沒受傷真是萬幸，還好我恰巧在附近，聽見動靜及時趕到。」他關切地看著她，「最近城裡亂得很，妳怎會在這時跑出宮來？」

庾晚音道：「……有個臣子生了病，正巧我家中有個未出閣的幼妹心繫於他，託我去相看。我便以探病為由，對陛下說想要出宮。他最近不知為何對我甚好，便答應了。」

隱瞞是沒有用的，對方能跟蹤她至此，就能查出她到過何處。她只能在言語間將岑堇天說得輕描淡寫。

夏侯泊捕捉到關鍵字，「妳對他這麼說……其實卻不然嗎？」

從剛才開始，庾晚音心裡一直有個疑點：夏侯泊完全可以迅速殺了她，再從她的屍身上尋找他要的答案。但他寧願背刺幾個手下，也沒動她。

剛才那一幕發生在大街上，還拖了這麼久時間，夏侯澹肯定已經聽說了，說不定已經派人追來。這輛馬車如此顯眼，想悄然將她綁去別處也不太可能。這麼說來，夏侯泊居然是真的打算將她毫髮無損地送回宮中。

為什麼？

庾晚音若是不瞭解夏侯泊的本性，對著他溫情脈脈的眼神，很難不想歪。但她太清楚此人是個什麼貨色了。

首先排除他對自己動了真心的選項。

她在心中迅速分析：她和夏侯澹只要出了寢殿大門，就一直持之以恆地演著追妻火葬場的戲碼，夏侯澹多有忍讓，而她若即若離。也就是說，在普通宮人眼裡，他們的關係並沒有那麼密切。

寢殿內部不知經過了多少輪血洗，剩下的都是不會洩密的人。

如果夏侯泊真的知道她的「天眼」幫了夏侯澹多少，還會多此一舉來試探嗎？

所以，他不知道。他說不定甚至還沒放棄拉攏自己。

思及此，庾晚音緩緩露出憂愁的神色，「其實，我只是在宮裡待不下去了，想出來勘察路線，準備日後找機會逃出城去。」

夏侯泊微微抬眉，「陛下不是妳的良人嗎？」

庾晚音苦笑道：「他喜歡的是我，還是我那時靈時不靈的天眼，想必殿下心中也明白。你們神仙打架，我等小鬼遭殃。事到如今，我對良人已經沒了念想，只想跳出這處龍潭虎穴，安度餘生罷了。」

夏侯泊詫異地望著她，「我心中明白？」他的眼中閃過一絲怒意，「我與他並不相同。晚音，妳這麼害怕，為什麼從不找我呢？」

庾晚音：「……」

那個錯誤選項蠢蠢欲動地冒出一個頭，被她再度重重壓下去。

這演技，擱現代也能拿個影帝了。就是不知道夏侯澹跟他對戲的話誰會贏。

夏侯澹……夏侯澹現在在做什麼？他會不會沉不住氣，派人攔下端王的馬車？如今局勢危如累卵，任何一點火星都可能提前點燃戰火，而他們還沒做好布置……

庾晚音用指尖掐了一下自己的掌心。她要穩住夏侯泊。

她閉了閉眼，在影帝面前兢兢業業地祭出了畢生演技，愁腸百結道：「晚音在殿下面前，自知比不過謝妃。」

也不知演得怎麼樣，有沒有表現出那種對洶湧暗流一無所知、滿腦子只有戀愛的傻缺感。

夏侯泊：「……」

夏侯泊笑了，「晚音沒有用天眼看到嗎？」

庾晚音問：「看到什麼？」

她等著對方說「謝永兒背叛了我」，卻聽到了一句預想之外的臺詞：「看到我的未來。」

庾晚音：？

「謝永兒曾說，她預見我挽狂瀾於既倒，開創盛世，功標青史。」夏侯泊直視著她的眼睛，「她說的是真話嗎？」

庾晚音心中「咯噔」一聲。

死亡二選一。

她若說「是」，等於給夏侯泊白送一波士氣，還會讓自己顯得更可疑——明知道對方會贏，為何遲遲不投奔他？

她若說「不是」或者「沒看見」，夏侯泊信不信另說，她自己能不能平安下這輛車都是個問題。

夏侯泊追問：「嗯？」

庾晚音來不及細想，脫口而出：「以前確實沒有預見，只是私心向著殿下，所以才會用密信為殿下出謀劃策。近日，我倒是夢到了殿下受萬民朝拜的畫面。但在那個畫面中，殿下身旁之人並不是我。」

「哦？不是妳，難道是謝永兒？」夏侯泊似乎覺得無稽。

說謝永兒就更不對了，他現在已經視謝永兒為叛徒，一聽這話就知道是謊言。庾晚音心中為謝永兒覺得可悲，面上卻微露困惑之色，「似乎也不是謝妃。那女子長得有些像謝妃，卻更年輕。又有些像小眉，卻更端莊貌美。殿下注視那女子的眼神，是我從未肖想過的。」

這話一出口，夏侯泊不出聲了。

庾晚音回味了一下，驚覺自己竟然歪打正著交了滿分答卷。這個答案直接堵死了夏侯泊的所有下文，還合理地解釋了她先前的所作所為。

為何不接受皇帝，反而一心想逃？因為預見到了皇帝會倒。

為何明明喜歡端王，卻遲遲不找他尋求庇護？因為他的未來裡沒有她的位置。

她有武器嗎？她會幫助皇帝嗎？當然不會，她只是一條被殃及的池魚、一個可憐兮兮的炮灰。

庾晚音，行！

夏侯泊望著她，饒有興味地笑了笑。

夏侯泊道：「答得好。」

庾晚音做賊心虛，「是實話。」

「實話嗎？那只能說明妳夢錯了。」夏侯泊神色淡淡，顯出幾分倨傲，「我今生不會與哪個女子並肩。真要有一個，也只能是妳。」

庾晚音：？

那陰魂不散的錯誤選項第三次冒頭。

不會吧不會吧，這孫子不會真的動心了吧？

此事跟他的畫風格格不入，但細想之下，卻並非無跡可尋。在《穿書之惡魔寵妃》裡，他作為男主角跟謝永兒愛恨糾纏那麼多章，根本看不出原本的德行。在《東風夜放花千樹》裡，他又對庾晚音一見鍾情，愛得跟真的似的。

難道這人的角色設定裡還真有「情種」這一項？但若真有情，他又怎會對謝永兒如此殘忍？

庾晚音內心左右互搏的關頭，夏侯泊忽然執起她的手。

庾晚音觸電般掙了一下，他的五指卻驟然縮緊，習武之人的手如鐵鉗一般，讓她再無法移動分毫。

庾晚音抽了口涼氣，道：「殿下！」

「妳在發抖。」夏侯泊朝她欺近過來，聲音溫柔，「晚音，不要這樣怕我。」

「我……」庾晚音拼命穩住呼吸，「晚音只是不懂，我身上有哪一點值得殿下青眼相看。論品貌，我不及夢中那女子；論才情，我不及謝妃；至於天眼，殿下自己不也開了嗎，何況謝妃也……」

馬車行到哪裡了？按這個速度，該接近皇宮了吧？她袖中的槍會掉出來嗎？真到那一步，她有本事秒殺他嗎？

夏侯泊抬起一根手指點在她的唇上，封住了她的話語，「妳是最好的，我從一開始就知道。」

庾晚音不由自主地朝後縮，「我真的不是。」

夏侯泊窮追不捨，越來越近，與她髮絲相纏，「那陛下找的為何是妳？」

庾晚音一瞬間陷入澈底的茫然。

這句話是什麼意思？她怎麼突然跟不上了？

她的迷惘從未如此貨真價實，夏侯泊卻低低笑了起來，「別裝了，我一直等著妳，從很久很久以前……」

更準確地說，是從多年前的那個深夜，丑時。

夏侯泊靜靜隱身於樹叢陰影中，聽著不遠處的小宮女顫抖的聲音：「奴婢……奴婢在那附近的偏殿裡服侍，時常從遠處看見一道人影徘徊，又見那花叢形狀奇異，心生好奇，就挖了挖……」

她說的每一個字，都是夏侯泊教她的。

那時他是個半大少年，太子夏侯澹只是孩童。他知道夏侯澹的母后害死自己的母親，也知道自己之所以會去尚書房日日挨打受辱，是因為喜怒無常的小太子點名要一個伴。

換作尋常庶子，或許會忘記尊嚴，搖尾乞憐，只求對方放過自己。但夏侯泊生來不同。

他每天都在想著如何殺了夏侯澹。

有意觀察之下，他逐漸發現這個小太子舉止怪異，有時會如同被什麼附體了一般，認不出這世上的尋常物件，卻冒出些神神道道的怪話。但此人反應很快，剛露出一點馬腳，又會若無其事地掩蓋過去。

夏侯泊開始跟蹤小太子，發現他每天都會去一叢鐵線蓮旁邊徘徊探看。

太子走後，夏侯泊掘開泥土，挖出一張紙條。

小宮女道：「那紙條上的字形狀詭異，句意不通，奴婢以為……以為是哪個不太識字的侍衛……奴婢該死！」

靜夜中，夏侯泊聽見小太子語帶絕望，「別演了，妳是怕我害妳嗎？相信我啊，我們是同類啊。」

同類。

什麼同類？

夏侯泊沉思著，不遠處的對話還在繼續。

「我——我在這個世界只有妳了。妳真的不是？」

「不是……什麼？」

「沒什麼。這下妳知道我的祕密啦。」

夏侯泊從樹葉縫隙中安靜地望出去，看著那小宮女猛烈掙扎，逐漸力竭，最後一動也不動。

即使在成年出宮建府後，夏侯泊也從未忘記那夜的神祕對話。

皇帝身上藏著巨大的祕密。但若說他天賦異稟，卻又看不出來。他這些年始終如同困獸，被太后當作傀儡任意擺佈，還被折磨得越來越瘋。

夏侯泊推斷，他一直在找一個關鍵的「同類」。而一旦找到那個同類，皇帝會幹出什麼事呢？

夏侯泊閒時想起這個問題，會自嘲地笑笑，覺得自己疑心太重。皇帝八成只是腦子有病而已。

直到那一天，他在宮宴上發現夏侯澹身邊多了一個寵妃，豔若桃李，顧盼生輝。

庾家小姐入宮之前，他見過，逗弄過，轉頭就忘了。

但宮宴上那個目光銳利的女人，莫名讓他覺得陌生。就像是脫胎換骨，又像……被什麼附體了一般。

冥冥之中他有種感覺，她跟夏侯澹，確實是同類。

有那麼一時半刻，夏侯泊感受到了消沉。他自幼多智，幾經磋磨而越戰越勇，始終堅信自己終將站上頂端，坐擁萬里河山、日月星辰。庾晚音的出現就像一個不祥的訊號，他尚未破解其意，卻本能地心下一沉。

接著謝永兒接近他，堅定不移地告訴他，自己能未卜先知，而他才是天選之子，問鼎天下只是遲早的事。

夏侯泊對這個預言很滿意，因為他本就是這樣想的。但聽著她的話，他腦中浮現出一個猜想。間接找到一些證據後，他私下約見了庾晚音，拿話詐她：「妳究竟是誰？陛下是誰、謝永兒是誰？」

庾晚音的反應證實了他的猜想：他們三個還真是同類。

從那之後，他心中就多了一個結。

同是開了天眼的人，謝永兒對他死心塌地，庾晚音卻遲遲沒有離開皇帝。這兩個女人看似旗鼓相當，但夏侯泊沒有忘記，皇帝一開始選擇的是庾晚音。

從七歲那年被宮人拽著耳朵罵「命賤」開始，任何廉價的次品都只會讓他作嘔。

她才是最好的。

他要的都是最好的。

此刻，庾晚音的纖纖細頸就在他鼻端咫尺之距，看上去如此脆弱，他幾乎能瞧見血管跳動。她咬緊了牙關，就像先前數次見面時一樣，眼中滿是恐懼和防備。

「晚音，」夏侯泊用耳語的音量說，「給妳最後一次機會。站到我的身邊來，一切都是妳的。」

庾晚音像凍僵了般紋絲不動。

夏侯泊低下頭，在她的頸項上輕啄了一記，「如何？」

下一秒，馬車停了下來。

他的手下在窗外道：「殿下，前路被數十名禁軍堵了。但他們並未亮出武器。」

夏侯泊輕嘲道：「陛下來討人了。」

庾晚音道：「……我被當街突襲，他派人來也是情理之中。」她瞥了他抓著自己的手一眼，用上了息事寧人的語氣，「殿下，今日的對話，我下車後便會忘記，不會與人提及的。」

夏侯泊被她用眼神提醒，卻故作不知，仍舊不鬆手，「哦？這麼說來，是不考慮我了？」

車外，遠處有人朗聲道：「見過端王殿下。殿下可是救下了庾妃娘娘？」似是禁軍的聲音，在催他把人送下車。

庾晚音楚楚可憐地望著他，「晚音身如飄萍，能得殿下真心相待，怎會不感動？但眼下禁軍在外，實在不是說這些的好時機，殿下若是不嫌棄，回頭咱們繼續用密信交流，可好？」

夏侯泊一根根地鬆開了手指，溫柔道：「好。妳多加小心。」

他當先下車，又回身撩開車簾，彬彬有禮地將她請下，對那領頭的禁軍道：「刁民行刺，幸而本王路過，倒是有驚無險。」

對方也不撕破臉，說了一番場面話，便帶著庾晚音回宮了。

夏侯泊站在原地，望著他們的背影湮沒於黑暗，目光漸漸冷了下來。

他的手下湊過去低聲彙報：「方才殿下射中的那人救回來了。」

夏侯泊問：「他看到什麼了嗎？」

手下道：「庾妃袖中藏有機關，前所未見，觀其形態似能發出暗器。」

夏侯泊站在夜風中沉默了一陣子。

良久，他自言自語般道：「既然這是她的選擇，那也只能成全她。」

手下道：「殿下？」

夏侯泊回身走向馬車，留下一句吩咐：「派人送信給幾位將軍吧，咱們要準備開始了。」

庾晚音在走進宮門的前一刻，腦中轉著的還是夏侯泊的奇怪話語。

「『那陛下找的為何是妳』……」她低聲重複了一遍，還是沒咂摸出其中真意。夏侯澹何時找過她，還被端王看到了？

宮門一開，她的思緒隨之一空。

夏侯澹面無表情地盯著她。昏暗燈火中，他的眉目完全藏進了陰影，只能看清緊抿的嘴唇。

庾晚音的心虛愧疚一下子浮了上來，忙小跑過去，「我錯了，我不該……」

距離拉近，她看清了他的眼神，語聲隨之一滯，背上的汗毛豎了起來。

夏侯澹一把攥住她的手腕，扯著她朝宮裡走。

他握住的正是剛才被端王捏過的地方。庾晚音吃痛，反射性地一掙。

夏侯澹停了下來。

他慢慢回頭，先是看向她，足足過了幾秒，才很艱難地扯開自己的目光，投向她身後負傷歸來的暗衛。

鴉雀無聲的寂靜中，他的嗓音如鋒刃破冰：「都埋了吧。」

庾晚音在走下端王馬車後，已經自動進入了劫後餘生模式，連超負荷運轉的大腦都暫時待機了，她這時怔在原地，甚至沒反應過來他指的是誰。

接著就見禁軍應聲上前，拿住那幾個暗衛，粗暴地按著他們跪到地上。

那是幾個受了傷都一聲不吭的漢子，此時也不高呼求饒，只是沉默著磕頭謝罪。

庾晚音：！！！

她大驚失色：「等等！不關他們的事——」

夏侯澹聽也不聽，猛然一扯，庾晚音踉蹌著被他扯向寢殿的方向，惶急道：「陛下……陛下！」她壓低聲音，語速飛快，「是我一定要跑出去的，他們不知道你的禁令，錯的是我，不要濫殺無辜……」

夏侯澹怪笑一聲。

庾晚音掙扎著回頭去看，暗衛已經被拖走了。

庾晚音渾身發冷，轉頭去看他的側臉。

他大步流星走得太快，挑燈的宮人都被甩在後面。黑暗中只見他髮絲散亂，狀若癲狂。

這不是她認識的夏侯澹。

有那麼一瞬間，她幾乎疑心自己熟悉的那個人又穿走了。他的靈魂離開這具軀體，留在她面前的是原裝的暴君，生殺予奪，狠戾無情。

她不由自主地發起抖來，「……澹總？」

夏侯澹沒有反應。

還是他嗎？庾晚音顧不上其他，只想救人，「我們只有那麼多暗衛，已經失去了大半，他們可是原作裡為你而死的人啊！」

夏侯澹道：「端王怎麼找到妳的？」

這句話問得沒頭沒尾，混亂之中，庾晚音過了兩秒才明白他言下之意，「肯定是他的探子在滿城搜尋，不可能是暗衛洩露的。暗衛裡如果有內奸，端王早就會知道我們有槍，還有更多更大的祕密，你我早就不戰而敗了！」

夏侯澹不為所動，「這種情勢下帶妳出宮，與內奸何異？」

庾晚音：「……」

庾晚音後知後覺地明白了。夏侯澹這怒火所指，並非那些暗衛，而是她自己。自己忤逆了他，背著他跑出宮去，還險些讓端王打探到己方機密，毀了大事。

但他不想殺她。

她不受過，就必須有人替她受過。

不知道從何時開始，對方連思考模式都如此契合上位者的身分了。又或者她不是沒有察覺他的轉變，只是在一次次自我安慰中視而不見罷了。

夏侯澹是她熟悉的那個世界的最後一塊碎片、最後一縷牽念。但世界早已面目全非，沒有人可以一如既往。

庾晚音深吸一口氣，跪了下去。

夏侯澹原本拖著她走路，此時她突然一跪，終於讓他放了手。

冬夜的地磚早已凍透了，一接觸膝蓋，寒氣就凶殘地侵進了皮肉。但庾晚音已經感覺不到冷了。她垂著腦袋，低聲下氣道：「此事因我一人而起，求陛下饒過暗衛，責罰臣妾。」

她只能看見夏侯澹站立不穩似的倒退了半步。

漫長的幾息之後，頭頂傳來他的聲音：「可以。」

他吩咐宮人：「將庾妃關進寢殿，落鎖。從今日起，直到朕死的那一天，都不得放她外出一步。」

庾晚音沒有抬頭，聽著他的腳步聲漸漸遠去。

宮人俯身攙起她，「娘娘，請吧。」

她如同行在雲端，茫茫然被攙進了殿門。落鎖聲在身後響起，宮人懼於夏侯澹的雷霆之怒，無人敢跟進來，鎖上門就遠遠避開了。

偌大的寢殿從未顯得如此空曠。庾晚音背靠著門扇，呆呆站著。

她腦中千頭萬緒攪成一團亂麻，一時覺出手腕鈍痛，一時擔心暗衛沒有獲救，一時又想起岑堇天等人，不知道端王會不會回頭去找他們麻煩。

夏侯澹聽說此事後，派人去保護他們了嗎？他會不會認為岑堇天左右都要死，會不會覺得一個失去價值的紙片人，死了也就死了？

以前的她不會這樣揣測他，但現在……

庾晚音回身敲門：「有人嗎？我有要事！」

喊了半天，毫無回應。

寢殿裡燃著地龍，庾晚音卻越站越冷。她走到床邊，一頭栽倒下去，鴕鳥般將臉埋進了被子底下。

就在今天早些時候，他們兩個還在這裡，你一言我一語地吐槽奏摺。

胸口彷彿破開了一個空洞，所有情緒漏了出去，以致她能感覺到的只有麻木。

不知過了多久，忽然傳來了開門聲。

她一驚而起，望向門邊，「北叔。」

北舟手中端著木盤，「我來送飯。」

庾晚音連忙跑過去揪住他，生怕他放下晚膳就走，「北叔，岑堇……」她半途改口，「蕭添采和爾嵐對陛下還有大用，端王或許會找他們麻煩……」

她的重音放在「有大用」上。

北舟聽出了她對夏侯澹的看法轉變，嘆息一聲，「禁軍辦事周全，去救妳的同時也轉移了岑堇天等人。晚音，今晚的事，是澹兒有錯。妳生死未卜那會兒，他差點瘋了。」

庾晚音愣了愣。

北舟道：「他當時下令，無論端王的馬車行到哪裡，只要妳沒有平安下車，就當場誅殺端王。那端王每次行動，暗中都不知帶了多少人手，禁軍卻是倉促集結，若真打起來了，勝負都難測。禁軍領頭的勸了一句，險些也被他埋了。」

庾晚音沉默片刻，問：「北叔，他剛才的樣子，你以前見過嗎？」

北舟想了想，道：「他那頭痛之疾妳也知道，發病時痛得狠了，就會有點控制不住。不過他怕嚇著妳，這種時候都儘量不見妳的……所以他這會兒也沒來。」

庾晚音問：「那他這種情況，是不是越來越頻繁了？」

晚膳最終一口都沒動。庾晚音縮在床上，起初只是閉眼沉思，不知何時陷入了不安的淺眠。

她做了一個怪夢。夢中的夏侯澹被開膛破肚，倒在血泊裡。凶手就站在他的屍體旁邊，面帶微笑。

那凶手明明有著與他一模一樣的面容，夢中的她卻清楚地知道，那是原作中的暴君。

暴君笑著走向她，「晚音，不認得朕了嗎？」

他說著伸出手來，將一顆血淋淋的心臟捧到她面前。

耳邊傳來細微的動靜，庾晚音猛然驚醒過來，卻忍住了睜眼的動作。剛才夢中的畫面太過清晰，就連那份恐懼都原封不動地侵襲進了現實。

除了恐懼，還有一份同等濃烈的情緒，她一時來不及分辨。

腳步聲漸近。

搖曳的燭光透過薄薄的眼簾，照出一片緋紅。

緋紅又被人影遮蔽。夏侯澹坐到床邊，低頭看著她。

庾晚音雙目緊閉，越是試圖平復心跳，這顆心就越是掙動得震耳欲聾，似乎打定了主意要出賣她。

她猜不出對方現在是什麼姿勢、什麼表情。他的瘋勁過了沒？離得這樣近，如果他再做出什麼驚人之舉，她毫無逃脫的餘地——儘管他至今沒有真的傷害過她，但剛才那狂亂的殺氣足以隔空撕碎一個人。

庾晚音暗暗咬牙。

她不願醒來，不願與他四目相對。她怕在那張熟悉的臉上看見一抹妖異而殘暴的笑，怕他眼中投映出夢中的鬼火。

時間一分一秒地過去，床邊沒有絲毫聲響傳來。

庾晚音僵持不下去了。就在她妥協睜眼之前，腕上一冷，激得她眼睫一顫。

一隻泛涼的手托起了她的手腕。燈影移近，夏侯澹似乎在查看她的皮膚。

他的指尖拂過她腕間某處。那地方已經鈍痛很久了，庾晚音反應過來，是端王鉗制她時留下的瘀青。

夏侯澹可能錯以為是自己傷到了她。因為他指尖的動作很輕，太輕了，甚至帶來些許刺癢。

接著那指尖離去，又落到了她的頸側。

那是端王啄過的地方。

庾晚音心中一緊。那王八羔子居然刻意留下了印記！

夏侯澹的手指慢了下來，仍是若即若離地與她相觸，涼意侵入了頸上的肌膚。

庾晚音連呼吸都屏住了，完全預料不到對方會是什麼反應。

黑暗籠罩下來，遮蔽了透過眼簾的微光。夏侯澹捂住她的眼睛。

他的手是冷的，嘴唇卻還溫熱。

庾晚音在他的掌心下睜開眼。

這次她不用刻意迴避，也看不見他的臉了。但這一吻中的留戀之意幾乎滿溢出來，是故人的氣息。

彷彿一場幻戲落幕，白堊製成的假面迸裂出蛛網紋，從他臉上一片片地崩落，墜下，碎成齏粉，露出其下活人的皮肉。

夏侯澹吻了片刻，沒得到回應，慢慢朝後退去。

庾晚音一把扣住他的手，用力按著它，壓在自己眼前。

她指節發白，指甲嵌進了他的手背。

夏侯澹垂眸望著她，想從露出來的半張面龐判斷她的表情，手心卻感到了潮意。

「……別哭了。」

庾晚音的淚水無聲無息地湧出，狠狠從牙縫裡擠出一句：「我也——不想——」

恍惚間她想起了方才從夢中帶出的另一份情緒，原來是憤怒。

明明下了抗爭到最後的決心，卻只能眼睜睜地看著這一片天地扯開他的胸膛，刨出他的心肝。

恨他變得太快，也恨自己力不能及。

還恨淚腺不聽使喚。

她拚命想將軟弱的淚水憋回去，憋得臉都漲紅了。

夏侯澹抽不回手，聲音帶上了一絲無措，「別哭了，是我處理得不對。暗衛沒事，誰都沒事。不會關妳的，剛才氣急說了渾話，我轉身就後悔了……晚音？」

庾晚音搖搖頭，「不是，是我不該出宮。」

她終於鬆開了他的手，坐起來面對著他，「我錯估了形勢，險些釀成大禍，還牽連了別人。」

「也沒有……」

「還害了你。」庾晚音悲從中來，「你剛才好像要撕碎什麼人，又像是自己要被撕碎了。那時候你到底到哪去了？我是不是把你又往暴君的方向推了一步？」

夏侯澹：「……」

他的三魂七魄都被這個問題搖撼得晃了幾晃。

是了，看在她眼中，原來是這麼回事。

她在苦苦阻止一樁早在十年前就發生的事，如水中撈月，傷心欲絕地挽留著一抹幻影。

所有妄念如迷障般破除，轉而又織就新的妄念。

夏侯澹毫不猶豫，結結實實地擁抱住她，「沒有。我又回來了。」

庾晚音道：「你能別再走了嗎？我不怕失敗，也不怕死，可我怕你在那之前就消失。你消失了，我好像也會很快消失，磨滅在這具殼子裡……」

「不會的，我們都在這裡。」

夏侯澹在這一刻做了最終的決定。

「無論生死，妳都有同伴，我決不會讓妳孤單一人。」

明明緊貼著彼此，這咫尺之間卻似有萬丈溝壑。一句誓言落下去，都蕩起空洞的回聲。

庾晚音不敢再想，一口咬住他的嘴唇，齒尖刺出了血珠。夏侯澹悶悶地笑了一聲，成全她，勸誘她，連血帶淚一併吞下，像妖怪品嚐一抹鮮潤豐盈的靈魂。

裂帛散落，長髮鋪展，蜿蜒過交疊的手臂。

宮燈熄滅後，月下雪光更盛。

庾晚音頂著妖妃的名頭當了這麼久尼姑，終於幹了一件妖妃該幹的事。她讓夏侯澹癒合中的傷口又滲出了一點血。

蕭添采看著夏侯澹褪去龍袍露出胸口，滿臉寫著沒脾氣。

夏侯澹道：「看傷口，別看不該看的地方。」

蕭添采還指著庾晚音兌現承諾，不敢得罪這對狗男女，「微臣這就重新包紮。」

他拆開原本的包紮，為了控制自己不去看那些斑斑印痕，恨不得把眼睛瞇成一條縫，摸索著敷了藥，又取來新的繃帶。

纏了半圈，夏侯澹一轉身，亮出了背。

蕭添采：「……」

別說，還挺有美感。

他麻木地想著，終於忍不住瞟了庾晚音一眼。

庾晚音做賊心虛地別開腦袋。

蕭添采像是被人拿刀架住了脖子，手上猛然加速，三下五除二纏緊了繃帶，這才重新開始呼吸。

他一刻都不想多待，臨走卻又想起這傷口萬一再裂，自己還得來。一時間五官糾成一團，掙扎著勸了一句：「陛下有傷在身，眼下還是……這個，靜養為主，嗯……注意節制。」

他一縮腦袋，拎著藥箱飛也似的退下了。

庾晚音：「……」

庾晚音人都快臊沒了，夏侯澹卻若無其事地起身，將中衣攏回肩上，慢條斯理地繫衣帶。

宮人都被摒退了，庾晚音低著頭走到他背後，幫他穿外袍，「那個……我當時有點緊張，一時沒收住。」

夏侯澹道：「問題不大。」

庾晚音正想趕緊把話題岔開，就見他肩膀微微聳動，「愛妃不必擔憂，這只是一次早朝遲到而已，距離從此君王不早朝還有很長的路要走。」

庾晚音：？

她老臉熱得快要起火，將外袍往他頭上一罩，「你的意思是讓我再接再厲？」

夏侯澹的笑聲悶在衣服裡，不去掀外袍，卻轉過身來摸索著牽住她，「聽愛妃聲音中氣十足，看來需要再接再厲的是朕了。」

庾晚音僵了一下，腦中掠過夜色裡凌亂的畫面，忙道：「不了不了，咱還是遵醫囑吧。」

昨夜過於失控，她到此刻腿還是軟的。要是再擦槍走火一回，就算對方傷口撐得住，她自己也撐不住了。

夏侯澹聞言笑得更厲害了。

這傢伙到底在得意什麼？

庾晚音感到又好氣又好笑，隔著衣服拍了拍他的臉，「以後不怕肌膚相親了？」

夏侯澹的笑聲低了些，停頓幾秒，輕聲道：「不怕了。」

「那就好。」庾晚音一哂，想要抽回手，為這突然嬌羞的小媳婦掀開蓋頭。夏侯澹卻仍舊虛握著她的手腕不放，指腹輕輕摩挲。

庾晚音低頭一看，是那塊瘀青。

她想起這事，忙解釋道：「這裡不是你傷的，是端王。」

她大致複述了馬車上發生的對話。

夏侯澹自己扯了外袍，笑容逐漸消失，「遮掩了那麼久，還是沒能把妳移出他的注意範圍。」

「這沒辦法，從他知道我『開天眼』的那一刻起，我在他那裡就只剩兩個結局了，要麼為他所用，要麼去死。我一直想讓他相信我是向著他的，但昨天那情景太嚇人了，不知道有沒有露出破綻……」

庾晚音皺起眉，「他如果懷疑上我，說不定會臨時更改刺殺你的計畫，以免被我用天眼預知。那我們的壓力就更大了。」

夏侯澹望著她若有所思。

庾晚音道：「算了，杞人憂天也沒用，盡人事聽天命吧。你趕緊去早朝……」

「晚音，」夏侯澹說，「既然他無論如何都會懷疑妳，不如乾脆破罐破摔吧。」

「怎麼摔？」

「我想封妳為后，擇日不如撞日，妳覺得今天如何？」

庾晚音愣了愣。

「是這樣，」夏侯澹掰著手指算給她聽，「太后黨收編得差不多了，太后也該升天了，大喪期間總不能封后吧。再之後，我跟端王必有一戰。到時若是他贏，他就需要穩固民心。妳若貴為皇后，他想動妳會多一分顧忌。」

庾晚音道：「……端王對背叛者深惡痛絕，你真相信多一個皇后之名，就能攔住他殺我嗎？」

夏侯澹一時沒有回答。

庾晚音在他的沉默中回過味來：他說的「動妳」並不是指「殺了妳」。

誰也摸不清端王的心思。但從他在馬車裡的表現來看，他若是除去了夏侯澹，也許並不會對庾晚音動殺心，而會想將她據為己有。

一介前朝宮妃，隨便找個理由換個身分，就能任他左右。

到時夏侯澹身死魂銷，能給她留下的最後一重保護，也只剩皇后這層身分了。

夏侯澹道：「不知道能有多大用處，妳就當讓我求個心安吧。行嗎？」

明明說著喪氣話，他的眼睛卻比以往任何時候都亮幾分，像從夜霧中透出一團光來。

庾妃頭天晚上還被皇帝下令軟禁，一夜過去，突然就封了后。

夏侯澹在早朝時毫無預兆地下了這道旨，滿朝文武差點一口氣沒上來——還真有一個厥過去的，是庾晚音她爹。

夏侯澹一臉大義凜然，「母后病情危重，朕心如刀割，恨不得剜肉入藥。憶及這些年中宮空懸，常使母后憂思不解。而今之計，唯有立后，使乾坤定位，滋養生息，或可助母后轉危為安。」

一言以蔽之：沖喜。

「當然，」他又補充道：「眼下朕寢食難安，庾妃更是衣不解帶，在母后榻前日夜侍疾。所以這封后大典，禮部可延後準備。」

庾少卿被抬出大殿的同時，這則爆炸性新聞火速傳遍了後宮。

庾晚音剛出門就被淹沒了。

來人的陣勢更勝從前，溜鬚的拍馬的、告饒的求情的，人人都有話說。

庾晚音默念了幾遍平心靜氣，「嗯嗯，薔薇露不錯，但不要送了，心領了……妹妹小嘴真甜，妳也好看……沒有冊封大典，太后病體未愈，不宜操辦……」

「太后一向最疼姐姐了，聽說這好消息，馬上就會好起來的！」妃嬪們眉眼彎彎，笑得跟真的似的。

庾晚音：「……」

「哦，對了，姐姐上次說的那什麼乒乓球，我們幾個試著學了些皮毛呢。」一個小美女變戲法似的亮出兩塊木拍子，又掏出一個花花綠綠的空心繡球，覷著庾晚音的臉色，「姐姐喜歡嗎？」

說著在她面前嫺熟地顛了七八下球。

庾晚音：？？？

這就是楚王好細腰的滋味嗎？

庾晚音緩緩露出平和的微笑，「好，好，很有精神。」

在這個世界混到現在，庾晚音的演技大有進步，此刻淡定自若地調用著宮鬥文臺詞庫裡的句子，心頭居然毫無違和感。

「皇后」之名像一身新衣，她穿了也就穿了，談不上痛快，卻也不至於惶恐。

也許她很快也會像夏侯澹那樣，與這具殼子融為一體，再也分不清何時在演……

庾晚音猛地一晃腦袋，把挽著她的小美女嚇了一跳。

她吸了口氣，道：「來吧，陪我打兩局。」

——《成何體統》未完待續——

高寶書版集團
gobooks.com.tw

YE 041
成何體統（中卷）

作　　者　七英俊
責任編輯　吳培禎
封面設計　張新御
內頁排版　彭立瑋
企　　劃　何嘉雯

發 行 人　朱凱蕾
出　　版　英屬維京群島商高寶國際有限公司台灣分公司
　　Global Group Holdings, Ltd.
地　　址　台北市內湖區洲子街 88 號 3 樓
網　　址　gobooks.com.tw
電　　話　(02) 27992788
電　　郵　readers @ gobooks.com.tw（讀者服務部）
傳　　真　出版部 (02) 27990909　行銷部 (02) 27993088
郵政劃撥　19394552
戶　　名　英屬維京群島商高寶國際有限公司台灣分公司
發　　行　英屬維京群島商高寶國際有限公司台灣分公司
初　　版　2023 年 6 月

成何體統 By 七英俊
由中南博集天卷文化傳媒有限公司授權出版 All rights reserved

國家圖書館出版品預行編目 (CIP) 資料

成何體統 / 七英俊著 . -- 初版 . -- 臺北市：英屬維京群島商高寶國際有限公司臺灣分公司，2023.06
　　冊；　公分 . --

ISBN 978-986-506-755-7(上冊：平裝). --
ISBN 978-986-506-756-4(中冊：平裝). --
ISBN 978-986-506-757-1(下冊：平裝). --
ISBN 978-986-506-758-8(全套：平裝)

857.7　　112008689

凡本著作任何圖片、文字及其他內容，
未經本公司同意授權者，
均不得擅自重製、仿製或以其他方法加以侵害，
如一經查獲，必定追究到底，絕不寬貸。
版權所有　翻印必究

GOBOOKS
& SITAK
GROUP©